« Mwen pé ké mandéw otorizasion
Même si je n'sais pas tout à fait nager
Mwen pé ké mandéw otorizasion
J'suis prêt à tout risquer
J'suis prêt à tout risquer »
Delgres *« Autorisation »*

« Vous vous imaginez peut-être
Que j'ai fait tous ces kilomètres
Tout cet espoir, tout ce courage
Pour m'arrêter contre un grillage »
Francis Cabrel *« African Tour »*

1

Cela faisait une trentaine de minutes que le Zodiac s'éloignait péniblement du rivage, bravant des vagues de plus en plus hautes et agressives. Derrière lui, le front de mer de Dunkerque demeurait encore bien visible et le rivage anglais, lui, bien incertain. Le faible et unique moteur peinait à convoyer la trentaine de migrants dans cette mer de plus en plus chahutée. Les flots s'ingéniaient inlassablement à ramener le bateau vers le rivage. À plusieurs reprises déjà, l'esquif avait menacé de se renverser. Les migrants s'agrippaient à tout ce qu'ils trouvaient, c'est-à-dire pas grand-chose de stable. Ils n'étaient pas joueurs et n'avaient guère envie de tester les gilets de sauvetage anémiques que leur avaient remis les passeurs avant l'embarquement. Miraculeusement, personne n'avait pour le moment quitté le canot contre sa volonté, mais plusieurs sacs, cartons de nourriture et bidons d'eau occupaient désormais les poissons.

Kamal savait que sa femme Salma et lui n'auraient pas dû embarquer mais il n'était plus temps de se lamenter. Il n'était pas marin, mais professeur de Français. Son Afghanistan natal n'avait pas d'océan et c'était la première fois qu'il en voyait un pour de vrai, mais il ne lui était pas difficile de reconnaître un gros temps. Il savait à quel point le vent pouvait être sauvage, sans pitié, et rendre fou quand il rabattait cruellement vers Kaboul l'air brûlant du désert. Le vent soufflait fort ce matin sur le Dunkerquois. Un noroît tourbillonnant, qui charriait du sable prélevé sur la plage avec lequel il prenait plaisir à gifler sans ménagement les inconscients qui avaient abandonné les abris douillets de leur maison ou de leur voiture et avaient l'outrecuidance d'oser contrarier sa progression. Un vent chargé d'embruns maritimes. Un vent de mars dans les Flandres, pour résumer.

Dès les premières vagues, Kamal avait pris la précaution d'attacher son bras gauche au flotteur sur lequel il était assis, à l'aide d'un cordage resté sans usage. Celui-ci n'était pas assez long pour amarrer aussi Salma qu'il avait enlacée, la retenant fermement contre lui. Sa femme était apathique. Nul doute que si une vague mauvaise venait à l'emporter, elle se laisserait faire sans protester. Son visage pourtant si beau était couvert d'hématomes violacés et un énorme coquard maintenait fermé son œil gauche. Ses magnifiques cheveux sombres n'étaient plus qu'une masse hirsute. Mais le cœur de Kamal débordait d'amour pour elle et saignait de constater le résultat des souffrances qu'il n'avait pu lui épargner.

Une vague plus grosse que les autres percuta le canot qui chavira, ne laissant aucune chance à ses occupants. Les migrants furent éjectés, avant de retomber lourdement dans l'eau trouble et glacée. N'ayant pas appris à nager dans leurs arides Afghanistan ou Kurdistan d'origine, les destins de ces hommes, femmes et enfants venaient de prendre un tour dramatique et définitif. Neptune ne pouvait que se frotter les mains : en un soubresaut de l'océan, il venait de prélever une trentaine d'âmes.

Kamal but la tasse, mais à l'inverse de la plupart de ses camarades, son amarrage de fortune lui permit de remonter à la surface. En chavirant, le Zodiac s'était disloqué. Seuls subsistaient à la vue de l'Afghan ce morceau de caoutchouc flottant auquel son destin était lié, au sens propre, et Salma que par miracle il avait réussi à ne pas lâcher au moment du naufrage. Fétus de paille ballotés par les flots, ils étaient désormais seuls, dans un dénuement des plus précaires. Leurs compagnons d'infortune avaient disparu.

— Agrippe-toi, je t'en prie, cria Kamal à une Salma toujours aussi amorphe.

Mais celle-ci ne réagit pas. Elle était incapable de s'accrocher encore, au flotteur, à Kamal ou à la vie.

C'est après de longues minutes d'efforts, une trentaine, peut-être une quarantaine, alors que Kamal, épuisé, le corps gelé, ne sentant plus ses membres, doutait de sa capacité à pouvoir encore conserver longtemps son épouse hors de l'eau que, d'une voix à peine audible dans le rugissement de l'océan, elle lui dit : « Je t'aime ». Avant de s'évanouir.

Kamal volait. Pas en avion, ni en hélicoptère, ni à l'aide d'un moyen artificiel. Il volait comme un oiseau. Il survolait l'Afghanistan, son pays, sa terre. Les plaines de sable défilaient, cuites par un soleil sans pitié, alternant avec des montagnes minérales aux arêtes grises et coupantes. Ici et là apparaissait une oasis de verdure accueillant un berger et ses chèvres. Parfois, Kamal croisait un aigle qui ne s'étonnait pas de la concurrence de cet homme vêtu de la traditionnelle *kurta* afghane dont l'ample tissu claquait dans le vent. Kamal ne ressentait pas la morsure du soleil. Une fraîcheur, presque le froid, l'environnait, sensation anachronique.

Dans sa main droite, l'Afghan sentait les doigts doux et frais de Salma. Il tourna la tête pour la regarder. Les cheveux de sa femme, ébouriffés par le vent, s'épanouissaient sans entrave. Elle était magnifique. Elle tourna son visage vers lui. Que son sourire était beau ! Mais soudain, elle lâcha la main de Kamal et lui saisit l'épaule qu'elle entreprit de secouer vigoureusement. Geste surprenant qui perturba l'apaisement dans lequel l'Afghan se trouvait. « Réveillez-vous, monsieur, réveillez-vous ». Salma avait une voix masculine. Kamal en fut tellement contrarié qu'il ouvrit les yeux.

Au-dessus de lui, un homme en uniforme portant un casque et de larges lunettes se balançait dans le vide. Il avait agrippé l'épaule de Kamal et essayait de le sortir de l'eau. Il était suspendu à un filin qui le raccordait à un hélicoptère de la Marine nationale française. Le fracas infernal des pales de l'appareil déchirait l'air et expulsait l'eau tout autour d'eux.

— Ma femme d'abord, ma femme s'il vous plaît, implora Kamal.

— Qui, s'étonna le militaire ? Vous êtes seul, monsieur.

2

— Qu'est-ce qu'on peut tenir dans son coude... euh non, dans sa main gauche mais pas dans son coude... euh, dans sa main gauche, je veux dire ?

— Rien compris, répondit Julie en mettant en marche le percolateur.

C'était tous les matins la même chose, ou presque. Après quelques bières, Maurice devenait prolixe. Hydratés, ses neurones encrassés s'ébrouaient pour ramener au bord de ses lèvres de vieilles devinettes foireuses dont l'alcool avait tendance à accroître l'inintelligibilité. La serveuse de Sainte-Scolasse n'avait plus qu'à faire fonctionner les siens, de neurones, pour trouver la réponse au problème posé, quand ce n'était pas, comme ce matin, pour comprendre l'énigme elle-même.

Le pochtron tâtait alternativement ses coudes. Perché sur l'un des antédiluviens tabourets du bar, provisoirement libéré de tout appui sur le comptoir auquel il était habituellement collé, son équilibre était instable et il menaçait de verser à tout moment sur le sol carrelé. Fort heureusement, ayant repris le contrôle de son problème et par la même occasion de l'équilibre précaire de sa situation, il reposa les mains bien à plat puis osa une nouvelle tentative.

— Bon, si tu mets ta main droite dessus, ben en fait tu peux pas. Mais la gauche tu la poses comme tu veux sur ton coude droit, t'as compris ? Alors c'est quoi que je peux pas tenir avec ma main droite, hein ?

Et pour être sûr de ne pas se tromper, Maurice avait

recommencé à faire virevolter ses paluches, assommant d'indices les quelques rares clients de l'établissement qui n'en avaient de toute façon rien à faire.

— Ton coude droit, répondit Julie.

L'autre en resta aussi bouche bée que si Nabilla lui avait annoncé ne pas avoir de shampooing sur elle.

Satisfaite de son effet, la serveuse récupéra le double expresso allongé qu'elle venait de faire couler, contourna le zinc et se dirigea vers la table qu'occupait une jeune et séduisante cliente, devant la vitrine. Poitrine tendue vers l'objectif, les cheveux roux libérés du trivial crayon qui leur servait de lien, Julie voulait que sa cible la remarque. Alerté par le générique de cette saynète régulièrement rejouée, Léon IV, le berger allemand de la maison, se décida à quitter la léthargie ronflante dans laquelle il était plongé depuis l'ouverture et la suivit. L'animal espérait de ce mouvement d'approche un gain sucré.

Julie avait fait l'acquisition du Pied de Porc de la Sainte-Scolasse avec Juliette, sa compagne. Non que la référence viandarde leur convienne, elles avaient des ambitions plus potagères pour le menu qu'elles avaient verdi à coups de salades, soupes, pokes et « viandes » végétales, faisant désormais un pied de nez au pied de porc. Juliette, grande jardinière de la cuisine, œuvrait à diversifier chaque jour l'offre culinaire. Les bobos, végans et autres LGBT qui courtisaient désormais l'endroit trouvaient délicieuses les créations qu'on y servait et adorablement kitsch ce café qui était devenu branché, sans pour autant faire fuir ses habitués, notamment les soiffards qu'avait toujours attiré le lieu.

— Voilà ton café, ma chérie.

Associant le geste à la parole, Julie déposa le breuvage à côté de l'ordinateur portable de Gabriella qui, fidèle à ses habitudes, ne lui répondit pas, et ne le ferait pas avant, au moins, d'avoir avalé une première gorgée. Léon IV, l'énergie consommée par son voyage, vint effondrer sa carcasse sur les pieds de la cliente, quémandant lui aussi de l'attention. Concentrée sur la lecture des commentaires postés ces dernières heures sur Ecoiwia, son blog écolo-gaucho-dénonço-insurectionno-militant, la jeune femme ne leur accorda aucune attention. Agacée, la serveuse se pencha par-dessus l'épaule de l'irrespectueuse afin de savoir ce qui, à l'écran, lui volait la vedette.

— Ooooh, c'est pas très joli, tout ça. C'est qui, ces gens allongés sur la plage ? On dirait des cadavres.

Gabriella referma l'ordinateur d'un geste sec. Elle saisit la tasse et avala une généreuse gorgée du brûlant liquide.

— C'est pas tes oignons, lâcha-t-elle.

— Ah, je suppose que ça voulait dire : « Bonjour Julie, je suis contente de te voir. Merci pour ce café que tu viens de me servir avec amour ».

Gabriella soupira mais un sourire modeste contredisait ce factice agacement.

— Merci Julie pour ce café que tu viens de me servir.

— Tu as oublié « avec amour ».

— Je vais y réfléchir.

Ce matin, la Sainte-Scolasse était peu animée. À part Maurice qui élaborait déjà un nouveau piège à méninges et un groupe de jeunes silencieux greffés à leurs réseaux tellement sociaux qu'ils les privaient de toute sociabilité entre eux, Gabriella était la seule cliente.

— Il a l'air en forme, ce matin, Maurice, dit-elle.

— Huuum, effectivement, pour le meilleur et surtout pour le pire.

— Tsss tsss, tu l'aimes bien.

— Oui, c'est vrai. Mais je préférerais qu'il soit un peu plus souvent chez lui à s'occuper de Colette.

— Il est marié, s'étonna Gabriella ?

Julie soupira.

— Si on veut. Colette, c'est la chatte que lui a laissée sa femme en mourant.

Gabriel avait expliqué un jour à Gabriella que Maurice était déjà là « à son époque », c'est-à-dire une vingtaine d'années plus tôt, lorsqu'une espèce d'ours du nom de Gérard tenait l'endroit. Ce dernier venait de l'Orne, ce département uniquement destiné à être traversé. Le patron avait affublé le bar-restaurant du nom de son village, Sainte-Scolasse-sur-Sarthe, bourgade rurale qui peinait à retenir cinq cents habitants mais dont il conservait un souvenir ému. La page Wikipédia du lieu évoquait essentiellement son climat de type « Océanique dégradé », preuve s'il en était besoin qu'il n'y avait rien à en dire.

Initialement bien décidées à rénover le lieu de fond en comble, il faut dire que le café était le seul de ce coin de Charonne et de Ledru-Rollin à n'avoir pas subi les ravages d'un ravalement branché, les repreneuses s'étaient peu à peu laissées séduire par l'atmosphère désuète de la Sainte-Scolasse qu'elles avaient décidé de conserver dans son jus. Elles avaient tout de même remplacé la couleur marron des murs par une peinture immaculée, mais conservé le mobilier, y compris l'énorme photo murale de la Place de la Mairie de Sainte-Scolasse ainsi que les douze kalanchoés qu'une fois par semaine, Juliette n'oubliait pas d'arroser. On ne sait jamais, si un jour elle dégotait une recette... « So frenchy » affirmaient les touristes américaines égarées en cet endroit. Il en venait parfois. Mais Gérard n'était plus là pour déverser sur elles son humeur aléatoire.

— Juliette va bien ?

— Ça va, ça va, répondit la serveuse sur un ton qui contredisait ses propos.

— Oh oh…

— Ben oui, tu sais, les couples, ça va, ça vient. C'est un peu tendu en ce moment, mais ça va s'arranger. J'ai envie de baiser mais elle, elle n'a pas envie. Il faut que je trouve une nana pour décompresser.

— Charmant, tu es tellement romantique. Vous êtes pacsées, je te rappelle.

— Oui mais depuis le début, c'est clair entre nous : si on a envie, on a le droit de s'envoyer en l'air à côté de temps en temps.

Sans aucune discrétion, Julie se pencha ostensiblement pour admirer sous la table les jambes de Gabriella qui ce matin-là étaient nues, ou plutôt habillées d'un collant noir. Avec une mini-jupe en complément, perchant son mètre quatre-vingt sur des talons pourtant à peine surélevés, elle surplombait quand elle se tenait debout la plupart des êtres humains, qui ne pouvaient résister à la silhouette altière, athlétique, pour tout dire superbe de la jeune femme. Ajoutez à cela une sauvage crinière brune et une peau sud-américaine naturellement halée, et vous avez ici la perspective d'un mitraillage de coups de foudre instantanés. Gabriella se savait irrésistible ainsi accoutrée, ce qu'elle faisait parfois, quand un emploi du temps plus aéré lui permettait de se détendre et que la présence d'un homme lui faisait envie. Elle retira ses gambettes de l'inquisition visuelle de la serveuse qui s'en amusa.

— D'ailleurs, Gabriella, t'as pas envie de coucher avec moi ? T'es un joli petit lot, tu me fais bander.

— Tu sais que parfois, t'es aussi reloue que les mecs ?

« Julie ! » ordonna soudain Juliette, qui venait de faire son apparition à l'entrée de la cuisine et découvrait l'offensive romantique de son amante. D'un regard jaloux, elle fusilla Gabriella. Rappelée à l'ordre, la serveuse décida de regagner le giron de sa compagne, malheureusement peu accueillant ces derniers jours, non sans faire profiter à sa cliente d'un déhanchement outrageusement exagéré.

Le départ de Julie était le signal que Léon IV attendait. L'animal entreprit de frotter sa truffe humide sur le mollet de la belle et, sans qu'il lui fût nécessaire d'attendre, il vit en réponse apparaître devant ses babines une main qui lui présentait le spéculoos avec lequel la maison accompagnait le petit noir, mais que Gabriella dédaignait. Satisfait, le quatrième du nom se releva et rejoignit sa couche près du comptoir. Fin de la pièce, rideau.

Gabriella parcourut la salle du regard et pensa à Gabriel, qui lui avait fait découvrir l'endroit. Depuis que la jeune femme l'avait rencontré, sur la recommandation de Pedro, son père adoptif, le Poulpe la mitraillait d'anecdotes sur la Sainte-Scolasse, histoires qui, à l'instar de Gabriel lui-même, la gavaient autant qu'elles la fascinaient. Gabriella ne pouvait pas nier son attirance pour le lieu dont le charme et l'ambiance la séduisaient. Elle aurait tout aussi bien pu prendre son petit-déj chez elle, dans l'appartement abandonné par un ex et qu'elle squattait dans le 10ème arrondissement, mais elle préférait venir ici.

Elle revint à son ordinateur. L'écran réactivé fit apparaître les photographies de corps éparpillés sur une plage. Une dizaine au moins, d'après ce qu'elle pouvait estimer. Les images lui avaient été adressées par un homme qui se présentait comme un militant de l'association *Avenir 59*. Il expliquait qu'il s'agissait de migrants, probablement Kurdes, Afghans ou Irakiens, qui avaient péri dans la mer du Nord en tentant de rejoindre l'Angleterre. Leur canot avait chaviré. 27 corps repêchés, et seulement 1 survivant. Le militant, qui disait s'appeler

Chandler (quel drôle de prénom...) Vermeulen, racontait le drame sur le blog de Gabriella car personne ne s'y intéressait. Il souhaitait dénoncer les passeurs sans scrupules et criminels responsables du naufrage, ainsi que les autorités, complices par passivité et abandon des migrants en détresse.

Gabriella ouvrit *Google* et lança une recherche sur le naufrage. Effectivement, celui-ci n'avait guère reçu d'écho. Seule la presse locale l'avait rapidement évoqué : un petit article dans la *Voix du Nord* et un autre sur le site de *France Bleue*. La mort de 27 étrangers ne pesait pas lourd face aux problèmes de santé d'une princesse anglaise dont les médias se faisaient largement écho au même moment. Chandler Vermeulen avait raison.

Avenir 59 fut son second sujet de recherche. L'association avait été créée cinq ans plus tôt par des Calaisiens bouleversés par la détresse des migrants qui s'entassaient autour de Sangatte et de l'entrée du tunnel sous la Manche. Ces hères de toutes nationalités survivaient dans des camps de fortune, s'éreintant à chercher les failles dans la frontière de l'Albion qui, perfide, appuyée par ses alliés des forces de l'ordre françaises, leur refusaient l'accès à ses espérées merveilles. Bravant l'opposition des populations locales, esquivant les mesquineries administratives et policières, les bénévoles d'*Avenir 59* apportaient un peu d'humanité aux migrants. Fournir un repas chaud, des vêtements, un peu d'hygiène, parfois un toit, étaient leurs combats. L'éclairage médiatique qui avait un temps focalisé l'attention sur Calais, quand le Ministre de l'Intérieur avait voulu se construire une image droitière en démantelant le plus grand camp de migrants de l'agglomération, avait mis en lumière l'action de la valeureuse et résistante association qui depuis développait son action sur tout le territoire national, au grand dam dudit ministre.

Rassurée par les valeurs et le sérieux apparents d'*Avenir 59*, Gabriella s'intéressa à son solliciteur. Chandler Vermeulen ne semblait pas posséder de comptes sur les réseaux sociaux. Ce nom apparaissait cependant régulièrement dans des comptes-rendus de compétitions de side-car cross du nord de la France, activité pour laquelle le jeune homme semblait posséder une certaine compétence, remportant régulièrement des trophées dans les courses du département. Sur les photos, Chandler devait avoir à peu près son âge, environ 25 ans, et il était diablement mignon. Sous une crinière de cheveux blonds bouclés, il arborait un sourire franc et rayonnant. Un type qui inspirait spontanément la confiance.

L'expresso était froid quand Gabriella voulut en boire une seconde gorgée. Elle leva les yeux vers Julie qui accrocha son regard malgré la discussion qui avait repris avec Maurice. « Un autre » articula silencieusement Gabriella. La serveuse acquiesça d'un baiser lointain.

Revenue à son blog, Gabriella afficha le message de Chandler puis, après avoir appuyé sur « Répondre », elle écrivit : « Bonjour Chandler, moi c'est Monica. Je suis journaliste. Je souhaite réaliser un reportage pour le blog à propos de ce naufrage. J'aimerais te rencontrer ».

3

La mer au large de Leffrinckoucke était calme, presque d'huile, le ciel sans nuages. Au loin, un soleil déclinant faisait rougeoyer l'océan, prémices d'un couchant qui promettait d'être spectaculaire. N'était le léger vent frais, une très belle fin de journée d'hiver se déclinait aujourd'hui sur le Dunkerquois, annonçant fièrement l'arrivée prochaine du printemps.

Quelques ferry-boats échappés des ports de Dunkerque ou de Calais, plus au sud, convoyaient vers les côtes d'Albion des troupeaux de touristes qui admireraient sous peu les falaises blanches de Douvres où reposait le navire avec lequel Nelson a fait un coup de Trafalgar à notre boucher corse national. Pendant ce temps, faisant le chemin inverse, les prosaïques Rosbifs videraient les rayons alcoolisés de nos grandes surfaces côtières, afin de récupérer de quoi oublier à quel point ils se font chier au royaume de Sa Majesté.

Gabriella était assise depuis une demi-heure au sommet d'une colline de sable de dune Dewulf, surplombant l'océan. Elle trouvait admirable le spectacle qui s'offrait à elle mais bon, surtout, elle se pelait ! Un moment émue par la tendre poésie que dégageait le tableau d'un père apprenant à son enfant à dompter le vent local à l'aide d'un cerf-volant, image qui remuait en elle le vide inconscient de l'absence de ce père qu'elle n'avait pas connu, Gabriella se ressaisit et, plutôt que de compter les moutonneux promeneurs qui allaient et venaient sur la plage, elle avait reporté son attention sur un apprenti *Rothko*. L'artiste de pacotille, installé sur la digue en surplomb de la plage, barbouillait de bleu avec force amples mouvements une abstraction dont la jeune femme supputait qu'elle ne figurerait jamais dans les classiques de la peinture moderne. L'artiste patenté éclaboussait maintenant son paysage imaginaire d'éclats jaunes et rouges. Un apprenti *Pollock* finalement.

Si la baignade était ici sensiblement plus rafraîchissante que dans les mers d'Amérique-du-Sud, Gabriella convenait que l'endroit offrait néanmoins une magnifique côte sableuse ininterrompue sur plusieurs dizaines de kilomètres. Au sud, quatre blockhaus datant de la Seconde Guerre mondiale piquaient désormais du nez vers l'océan, délestés de leurs canons autrefois tendus vers l'Angleterre. Plus loin, le port industriel de Dunkerque interrompait le ruban de sable, après le charmant front de mer de Malo-les-Bains. Au nord, la plage semblait sans obstacle jusqu'à Zeebrugge, en Belgique. Haute, la mer montait ici presqu'à l'assaut de la dune. Basse, elle se retirait si loin qu'on ne pouvait plus que l'apercevoir. Le répertoire de Souchon n'avait pas atteint la Bolivie, mais nul doute que si elle l'entendait un jour, Gabriella partagerait la mélancolie du texte dans lequel le chanteur évoquait sa jeunesse sur les plages de Malo et de Bray-Dunes proches.

— Ils sont en retard.

Ce n'était pas tant qu'elle était courroucée par l'attente, mais Gabriella avait envie de se remuer pour contrer l'attaque du froid. Elle n'était pas climatisée pour cela, même si elle avait troqué sa tenue de pin-up pour des vêtements plus réconfortants : jean, gros pull en laine, blouson, *Doc Martens* ainsi qu'un foulard qu'elle avait enroulé serré autour de sa gorge et le bas de son visage. Elle aurait pu se réchauffer en avalant une gorgée de *Singani*, l'*arguadiente* de son pays qui voltait à 70°, et dont elle trimbalait une flasque avec elle quand elle se déplaçait loin des rares et franciliens fournisseurs français. Il était illusoire d'espérer en trouver chez *Nicolas*, la chaîne ne savait probablement même pas qu'un tel breuvage existait. Le feu liquide patientait donc dans son sac à dos, à proximité de ses cigarillos et d'un briquet, ainsi que d'un rouleau de corde, une boîte d'allumettes et un couteau suisse, kit minimal de la jeune fille moderne, comme tout le monde le sait. Elle n'avait pas non plus oublié ses deux poignards, sagement à l'abri dans leurs étuis, l'un fixé à son tibia droit, l'autre le long de son avant-bras gauche. Sortir sa bouteille aurait pu surprendre, Gabriella préféra donc rester au plus proche du rôle de Monica, la journaliste blogueuse, pour s'adresser aux deux militants qui l'accompagnaient.

— Le mec a dit 17 h, répondit Louise qui, assise à la gauche de Gabriella, ne semblait pas grelotter, elle. Mais il a dit à peu près. À peu près 17 h.

— Ils doivent faire attention, la Police rôde, ajouta Chandler à sa droite. Il regarda sa montre et ajouta : 17 h 20. La marée était haute à 17 h, l'eau a commencé à refluer. C'est maintenant où ils ne pourront pas prendre la mer ce soir.

Le rendez-vous avec Chandler avait été fixé à 17 h sur la dune Dewulf. Il était venu avec Louise, une jeune militante. Celle-ci avait appris par un migrant qu'une traversée devait avoir lieu ici et ce jour-là à marée haute.

Soudain, la dune s'anima à une centaine de mètres sur leur droite. Surgissant d'entre les arbustes, un groupe d'hommes et de femmes portant un Zodiac fonça vers l'océan en dévalant la colline. Ils ne calculèrent pas les promeneurs de chiens ni les mamies venues aérer leur arrière-petite progéniture dont ils coupèrent les routes sans formuler les politesses d'usage. Ils n'avaient pas le temps. Ils pénétrèrent dans l'océan et y jetèrent bientôt le canot.

— S'ils foncent aussi rapidement vers la mer, c'est pour éviter la Police, demanda Gabriella ?

— Oui, confirma Chandler. Une fois qu'ils ont quitté la dune, ils sont à découvert, alors il faut allez vite. Une fois dans l'eau, les migrants sont à peu près tranquilles. La Police a consigne de ne pas aller les y arrêter, afin d'éviter les noyades, paraît-il.

— Maintenant qu'ils sont dans l'eau, ils sont peinards ?

— Pas vraiment. Ils sont encore dans les eaux territoriales françaises. Ils peuvent être arraisonnés par la Marine. L'enjeu pour eux, c'est de rejoindre rapidement les eaux internationales, puis d'atteindre la côte anglaise. Il est probable qu'ils seront arrêtés par la Marine anglaise mais bon, ils auront réussi à traverser. C'est leur objectif.

Gabriella estima le nombre de migrants agglutinés autour du Zodiac. Ils devaient être une quarantaine, peut-être les deux tiers d'homme, le reste de femmes, avec quelques enfants en prime. L'embarcation mesurait une dizaine de mètres de long, avec deux flotteurs latéraux en caoutchouc, un plateau central et, à l'arrière, un unique moteur. Bien qu'elle soit préparée à cette découverte, la jeune femme n'en fut pas moins consternée de constater la modestie de l'esquif, qui pouvait accueillir une vingtaine de passagers mais que les passeurs sans scrupules s'apprêtaient à lester du double. Deux hommes arrivés dans la roue, si l'on peut dire, du canot, distribuaient à chacun des voyageurs un gilet de sauvetage qui semblait particulièrement fin pour empêcher un être humain de gabarit adulte de couler.

Mais les migrants n'avaient pas les états d'âme de Gabriella. Une fois affublés de leurs illusoires flotteurs, ils embarquèrent les uns après les autres, se serrant de plus en plus, jusqu'à recouvrir complètement la surface du bateau. Ils s'apprêtaient à vivre l'apothéose de leur périple, à terminer leur voyage, atteindre l'Angleterre, moment attendu depuis des mois, auquel ils avaient concédé beaucoup d'efforts et de sacrifices. Ils n'allaient pas refuser de prendre cet ultime risque après avoir surmonté tant de difficultés.

Un des deux qui avaient distribué les gilets de sauvetage attira l'attention de Gabriella. Il se trouvait maintenant debout au milieu du Zodiac et organisait l'installation des migrants. Il tenait une batte de base-ball avec laquelle il menaçait ceux qui ne se positionnaient pas comme il le souhaitait.

— Qui c'est, demanda Gabriella ?

— C'est un passeur, répondit Louise. Enfin, un de ses représentants. Le passeur, le chef du réseau je veux dire, tu ne le verras pas. C'est un planqué qui ne vient pas ici. Il gère son trafic à distance. Le mec que tu vois, c'est un de ses sbires. Il est là pour vérifier que tout se passe bien.

— Ce type, il est en contact avec le responsable de ce trafic ?

— Probablement. Directement ou via un intermédiaire. À travers lui, on doit pouvoir remonter jusqu'au responsable, je suppose.

— Il ne sait probablement pas grand-chose, tempéra Chandler. Ces petites mains, les responsables du réseau les choisissent parmi les migrants qui débarquent ici. Ils leur donnent un peu d'argent, mais surtout ils leur garantissent qu'ils passeront. Ton type, là, avec son bâton, c'est soit un cynique qui n'a aucun scrupule à se faire des tunes sur le dos de ses compatriotes, soit un type encore plus fauché que les autres qui fait ça pour payer son trip. Peut-être même les deux.

L'homme avait quitté le bateau et rejoint la plage. Un moteur vrombit et le canot commença à se diriger vers le large.

— Celui qui tient la barre, il est dans le trafic ?

— Non, répondit Louise. C'est un migrant parmi les autres. Le passeur a dû le repérer il y a quelques minutes. Il lui a sommairement expliqué comment fonctionne le moteur et la barre, et démerde-toi. Aucun de ces salopards ne monte sur les bateaux qui traversent. Les migrants sont livrés à eux-mêmes.

Quand l'embarcation ne fut plus qu'une tache à l'horizon, l'homme à la batte, qui la regardait s'éloigner, fit demi-tour et prit la direction de la dune. Il disparut rapidement après en avoir franchi la crête. Gabriella ramassa son casque de moto et se leva brusquement.

— Merci pour ce rendez-vous, c'était très instructif. Je file pour mettre tout ça par écrit avant d'oublier. On se recontacte.

— Il y a le rendez-vous avec Kamal, osa Louise, aussi étonnée que Chandler par ce départ précipité.

— Oui, tu me préviens dès que c'est bon.

Une fois hors de vue des deux militants, Gabriella fonça en courant à travers la dune, aussi vite que lui permettait le sable. Elle croisa rapidement des empreintes et les pista jusqu'à apercevoir l'homme à la batte de baseball, quelques dizaines de mètres plus loin. Elle le suivit ainsi, à distance. Il pénétra bientôt dans des constructions délabrées, aujourd'hui livrées à tous les vents. Quelques dalles en bétons et vestiges de murs en pierre délimitaient vaguement les périmètres d'anciens bâtiments que le temps et la nature avaient entrepris de reconquérir. Un panneau du ministère de la Culture indiquait qu'elle se trouvait dans la batterie de Zuydcoote, grosse bouse de plusieurs hectares chiée sur la dune par les Allemands au début de la seconde guerre mondiale, mais qu'ils avaient oublié de retirer lors de leur débandade de 1944. Salopards de pollueurs. Les canons qui se trouvaient dans les blockhaus situés face à la mer étaient destinés à les protéger contre une éventuelle invasion alliée qui arriva finalement, mais en Normandie. Ils ne servirent jamais. Derrière se trouvaient ces bâtiments aujourd'hui en ruine qui hébergeaient à l'époque toute une garnison. Des images en noir et blanc d'époque, sur lesquelles on pouvait remarquer quelques croix gammées, attestaient de la présence nazie ici, quatre-vingts ans plus tôt.

La pénombre s'installait, prélude à la nuit, et la minute culturelle lui avait fait perdre sa cible de vue. Mais Gabriella n'était pas très inquiète, l'homme devait être là, pas loin. En arrivant au pied d'un monticule, elle entendit des voix de l'autre côté. S'allongeant sur le sable et passant prudemment la tête au-delà des quelques buissons qui couronnaient la hauteur, elle découvrit en contrebas un grand espace rectangulaire d'une trentaine de mètres de long, ceinturés de murs en briques qui supportaient les éminences sableuses du dessus. Ils étaient creusés de niches voutées qui s'enfonçaient sous le sable. Trois feux se consumaient au centre de cette cour, autour desquels étaient réunis des hommes et des femmes. Ils portaient des manteaux ou des doudounes, certains des couvertures sur le dos. Deux apprentis *Mbappé* qui ne devaient pas avoir dix ans tapaient dans un ballon au milieu des adultes. Sur les genoux de sa mère, une petite fille peignait consciencieusement une poupée. L'ensemble était misérable.

L'homme à la batte de base-ball était installé devant un des brasiers et discutait. Certaines personnes allaient et venaient entre les feux et les alvéoles murales. En observant mieux, Gabriella y aperçut des tentes, modestes abris de type *Decathlon* semblables à ceux qu'elle voyait hélas souvent dans les rues de Paris, symbole de l'indigence. Ce camping sauvage était un camp de migrants, à quelques dizaines de mètres de l'océan.

Gabriella n'avait aucune légitimité à violer cette intimité, surtout à cette heure tardive. Elle se dit qu'elle reviendrait le lendemain, affublée de son alibi journalistique. L'homme à la batte de base-ball n'allait probablement pas s'envoler dans la nuit. Mieux valait quitter l'endroit maintenant, avant qu'elle ne soit obligée d'utiliser la lampe de son téléphone portable pour retrouver son chemin et risquer de se faire repérer.

Sortie des ruines de l'ancien camp militaire, Gabriella se dirigea vers le centre de Leffrinckoucke où elle avait garé sa moto. Quittant la dune, elle traversa un village touristique inactif en cette période de l'année. De petites maisons aux couleurs pimpantes, parfaitement alignées, que l'on imaginait confortables et équipées de tout le confort moderne, attendaient le touriste estival alors qu'à quelques centaines de mètres, des êtres humains enduraient les frimas et les privations. Un des nombreux paradoxes et hypocrisies du soi-disant pays des Droits de l'homme.

Elle sortit les cigarillos de son sac à dos. La première bouffée, aigre, lui procura une chaleur réconfortante. Pendant qu'elle entretenait un potentiel cancer, envisageant une gorgée de *Singani*, son téléphone sonna.

— C'est Louise. Je suis avec Kamal. Il est d'accord pour te rencontrer.

4

Le quartier de la gare de Dunkerque était approprié pour une rencontre discrète, noyée dans le flux du passage et du transit. Prenant le relais des *TGV* et *TER* qui terminaient ici leurs parcours en cul-de-sac vers la mer, les bus aux couleurs vives qui butinaient autour de la gare routière amenaient ou expédiaient aux quatre coins de l'agglomération des voyageurs pressés et peu attentifs à leurs congénères.

Bien qu'entourée d'immeubles assez quelconques, la place de la gare avait eu le bon goût d'avoir été globalement épargnée par les bombardements allemands de 1940 qui avaient détruit le centre-ville proche. Si la brique rouge était le matériau de construction dominant, les façades étaient plus diversifiées et sophistiquées que celles de leurs monotones confrères de la reconstruction que l'on retrouvait autour de la place Jean-Bart ou de la place de l'Hôtel de Ville.

Ce soir, le parvis de la gare était le lieu d'une inhabituelle animation, menée par des hommes et des femmes outrageusement fardés, costumés d'habits aux couleurs criardes, qui braillaient joyeusement des chansons vulgaires ou grivoises remplies d'expressions en patois local parfaitement incompréhensibles. Ces drilles, aussi avinés que joyeux, disputaient leur territoire aux habituels sans-abris et punks à chiens qui, peu rancuniers, partageaient leur bonne humeur.

Gabriella poussa la porte du café qu'un original avait

nommé *Café de la gare*. L'endroit était bondé. Il déclinait à sa manière alcoolisée l'ambiance joyeuse du dehors. La jeune femme se jeta dans la meute en jouant des coudes afin de rejoindre une petite table isolée, au fond du troquet. Louise et Chandler l'y attendaient, ainsi que Kamal, homme maigre à la peau foncée, au visage triste ceint d'une barbe courte proprement taillée. Un intellectuel.

Après les présentations d'usage au cours desquelles Gabriella déclara se prénommer Monica, blogueuse écrivant des articles militants qui dénonçaient notamment les atteintes aux droits humains, la discussion s'engagea. Le brouhaha ambiant rendait les échanges difficiles, et les têtes se rapprochèrent afin qu'ils puissent s'entendre, favorisant la confidentialité des propos.

Méfiant au premier abord, Kamal se montra peu à peu prolixe. Il parlait un français parfait, bien que scolaire. C'était un Afghan de 29 ans. Avant de quitter son pays, il enseignait la langue de Molière au Lycée français de Kaboul. Il s'était marié cinq années plus tôt avec Salma, infirmière de 26 ans qui travaillait à l'Institut médical français pour la mère et l'enfant, hôpital qui jusqu'en 2021 prenait en charge des patients selon les standards internationaux. La situation du couple était prospère et leur bonheur sans faille jusqu'au retour des talibans au pouvoir. Leur proximité avec des institutions soutenues par la France avait vite valu aux jeunes mariés la suspicion des nouvelles autorités. Menaces et intimidations n'avaient pas tardé. Dans les rues, les châtiments corporels en public se multipliaient, coups de fouet, lapidations, amputations parfois. Salma était la plus menacée. Elle avait fait profil bas en adoptant le port du foulard qui masquait la chevelure étincelante qu'elle arborait librement jusqu'alors. Puis quand les nouveaux maîtres du pays avaient imposé la burqa, elle avait accepté cette nouvelle dégradation de sa liberté. L'hôpital, qui fonctionnait selon les principes européens d'égalité entre les sexes, lui laissait une grande latitude dans l'exercice de son métier mais les autorités virent les choses autrement et retirèrent finalement à Salma la possibilité de travailler. Kamal, de son côté, put continuer à enseigner mais les talibans interdirent la plupart des auteurs français dont il utilisait les textes. Finalement, le couple décida de quitter l'Afghanistan pour rejoindre l'Angleterre où certains de leurs proches étaient déjà installés. Il fut mis en contact avec un réseau de passeurs qui devait les accompagner dans leur périple.

— Comment ça se déroule, demanda Gabriella ? Où sont ces passeurs ? Avez-vous leurs coordonnées ?

— Tout se passe en Afghanistan. On paye quelqu'un là-bas, à Kaboul, et il organise tout : le passage de chaque frontière, les hébergements, jusqu'à la traversée finale pour l'Angleterre. Ils ont des relais dans tous les pays et dans les principales villes. C'est très cher. Salma et moi avons dépensé toutes nos économies. Rien que pour traverser la Manche, c'est 4 000 euros par personne. Et comme je n'ai pas réussi à traverser et que je n'ai plus d'argent, je suis maintenant bloqué en France.

— Et Salma ?

Kamal se renfrogna. Il baissa la tête sur sa tasse de café. Dans l'après-midi, pendant qu'ils attendaient sur la dune, Louise avait expliqué à Gabriella les violences sexuelles que subissaient certaines femmes. La militante supposait que la femme de l'Afghan en avait été victime.

— Elle est morte durant la traversée. Elle s'est noyée. On n'a pas retrouvé son corps. C'est tout.

Mais ce n'était pas tout.

— Kamal, reprit prudemment Gabriella, je sais que c'est douloureux et suis désolé de vous demander ça mais je dois savoir ce qui est arrivé à votre femme. Je dois le savoir pour témoigner.

L'homme resta encore prostré pendant quelques secondes, avant de planter son regard dans celui de Gabriella. Son expression avait changé. Une détermination nouvelle.

— Oui, finit-il par lâcher. Il faut parler pour que tout le monde sache. Vous ferez ça, Monica, que tout le monde sache, sur votre blog ?

— Je ferai mon possible, je vous le promets. Et si je peux trouver les responsables, je le ferai aussi.

Kamal eut un petit rire amer.

— Les responsables, vous savez Monica, ils se protègent, ils sont intouchables.

Et Kamal raconta...

Quand Salma et lui étaient arrivés à Lille, les passeurs leur avaient conseillé de voyager séparément jusqu'à Dunkerque, en prenant des trains différents. Tous les *TER* qui desservaient les grandes villes côtières de la Mer du Nord, Dunkerque, Boulogne, Calais, étaient sous surveillance policière. Ils charriaient chaque jour leurs lots de candidats à la traversée. Les contrôles étaient fréquents, de même que les arrestations de clandestins. Le couple avait suivi la consigne à la lettre, même si Kamal la trouvait inutile : jamais il n'abandonnerait la femme de sa vie ! Si elle se trouvait empêchée d'atteindre l'Angleterre, autant qu'ils rentrent tous les deux en Afghanistan.

Kamal avait quitté le premier la capitale du Nord. En arrivant à Dunkerque, il avait été pris en charge devant la gare par un passeur qui l'avait déposé au camp de Leffrinckoucke. Il n'avait pas attendu Salma, persuadé qu'elle le rejoindrait quelques heures plus tard, après l'arrivée du train suivant. Mais Salma n'était jamais arrivée.

Durant les deux jours qu'il avait passé à se morfondre dans l'enceinte du Fort, Kamal avait interrogé les passeurs pour savoir s'ils avaient des nouvelles de sa femme mais, invariablement, ceux-ci lui disaient d'attendre, que sa femme était en route. C'est en questionnant ses camarades d'infortune que Kamal avait entendu les sombres rumeurs concernant le sort de certaines femmes, collectées par les passeurs à leur arrivée à Dunkerque puis libérées peu avant d'embarquer pour l'Angleterre, non sans avoir préalablement enduré les pires sévices.

C'est le sort qu'avait subi Salma.

Elle était réapparue quelques minutes avant l'embarquement, alors qu'une nuée de migrants s'activait à charger de modestes effets personnels et quelques vivres dans le Zodiac encore caché dans la dune Dewulf. Ce que vit Kamal le terrifia. Salma avait le visage violacé, couvert d'hématomes, sa chevelure était hirsute, elle avait les yeux vides, et elle était hagarde. Il l'avait prise dans ses bras. Salma s'était laissé faire, poupée de chiffon molle, et n'avait pas répondu quand il lui avait demandé comment elle allait. Question stupide : ne voyait-il pas les stigmates sur son visage, ou les traces de sang séché sur ses jambes nues ? Les violences qu'elle avait dû endurer lui brisaient le cœur.

— Puis nous avons embarqué sur le Zodiac. Le temps était mauvais. Le bateau a quitté la côte française et a chaviré, mais cette partie-là de l'histoire, vous la connaissez.

Les larmes coulaient maintenant sur le visage de l'Afghan, mais il restait digne. Un silence intense s'installa autour de la table, bulle d'émotion au milieu du bruit festif environnant.

— Tenez votre promesse, Monica.

— Je la tiendrai. Et pour vous, Kamal, que va-t-il se passer maintenant ?

— Ce que je veux, c'est aller en Angleterre pour rejoindre ma famille. Mais j'ai peu de chance de pouvoir traverser, d'autant que je ne veux plus le faire sur un Zodiac. J'ai trop peur. Alors j'ai déposé une demande d'asile ici, en France. J'attends la réponse. Si je reste, j'aimerais bien enseigner le français. C'est une belle langue, celle de *Voltaire*, *Hugo*, *Zola*.

L'Afghan se montrait peu rancunier. Il n'avait manifestement pas compris que les belles idées de ces célèbres penseurs ne s'appliquaient pas à tous les hommes et à toutes les femmes, et certainement pas aux clandestins dans sa situation.

— Vous habitez où, demanda Gabriella ?

— Kamal vit dans un centre géré par *Avenir 59* à Saint-Pol-sur-Mer, intervint Chandler. C'est un gymnase prêté par la ville qu'on a transformé en foyer. C'est du provisoire, mais on essaye de traiter les gens avec dignité.

L'entretien touchait à sa fin. Kamal accepta de donner à Gabriella son numéro de portable, au cas où elle aurait encore besoin de lui parler. Elle le prit en photo avec son smartphone. « Pour illustrer mon article », si vous acceptez, expliqua-t-elle à l'Afghan plutôt réticent.

Au moment de quitter la table, Gabriella remarqua un gilet orange qui dépassait d'un sac se trouvant aux pieds de Louise. Le logo d'*Avenir 59* apparaissait sur le vêtement.

— Je peux te l'emprunter, demanda-t-elle ? C'est pour la moto. Pour ma sécurité. La nuit, on me voit mal sur la route. Je te le rends dans quelques jours.

5

Devant le café, Chandler et Gabriella se retrouvèrent seuls, après avoir salué Louise et Kamal.

— Tu viens boire un verre, proposa le jeune homme ?

— Ce n'est pas ce qu'on vient de faire, lui rétorqua Gabriella du tac au tac ?

Les pommettes de Chandler s'empourprèrent. Elle trouva cela terriblement attendrissant qu'un mec aussi sexy puisse rougir de la sorte devant une fille. Décidément, il lui plaisait. Elle aurait bien fait beaucoup plus que boire un autre verre avec lui… mais dans l'immédiat, elle avait d'autres priorités.

— Pas ce soir…

— Ah… pardon, désolé, je ne voulais pas que tu croies que je…

— … mais demain soir, on peut se retrouver.

— Euh… ah bon, d'accord, cool. Je connais un endroit, sur la Digue de mer…

— OK à demain, conclut-elle en s'éloignant.

Gabriella gara sa moto devant l'hôtel et se précipita vers l'entrée. Elle était gelée et avait trop envie d'une douche brûlante. Il faisait décidément trop froid dans cette ville. Sans doute était-elle aussi un peu fatiguée après les trois heures et demie de moto pour venir de Paris. Et puis Gabriella n'avait pas pris une minute pour se reposer depuis son café du matin à la Sainte-Scolasse. En arrivant dans l'après-midi, elle avait pris sa chambre et déposé ses quelques affaires de voyage avant de rejoindre Louise et Chandler à Leffrinckoucke.

Chez Annette était un établissement modeste, insipide et discret du centre-ville qu'elle avait déniché sur *Internet*. Exactement ce qu'elle cherchait. Il se fondait parmi les innombrables immeubles de la reconstruction clonés dans le centre-ville.

À la réception, une grosse femme attendait le chaland en caressant un chat aussi noir que les idées que ruminait Gabriella après avoir écouté le récit de Kamal. L'animal somnolait sur les larges cuisses de la tenancière. Peu occupée par la faible activité, Annette remplissait ses journées en se gavant de chips et d'informations fétides que dégueulait une extrême-droitière chaîne d'informations en continu depuis une petite télévision posée sur le guichet.

— Vous avez passé une bonne soirée, demanda l'ogresse d'un ton amical, en quittant momentanément son gavage média visuel ?

— Oui, merci. Et vous ?

— Oh moi, vous savez, j'ai caressé Arthur, dit-elle en désignant le truc poilu qui se trouvait entre ses cuisses. Vous avez besoin de quelque chose ?

Gabriella s'engageait déjà dans l'escalier qui menait au premier, étage où se trouvait sa chambre.

— Non, tout va bien merci.

— N'hésitez pas. Si vous voulez un petit thé ou une part de tarte aux pommes, j'ai ce qu'il faut. C'est une tarte maison, à la *Belle de Boskoop*. Vous m'en direz des nouvelles. Je suis là jusqu'à 22 heures.

— Peut-être plus tard, merci. Bonne soirée madame.

— Bonne nuit mademoiselle.

Les murs étaient maigres et le plancher sonore, le

mobilier sommaire et la décoration limitée, mais la chambre était propre. Quelques photographies tentaient d'égayer les murs couverts de papier peint d'un bleu délavé. Parmi ces images, figurait l'ancien beffroi de la ville qui avait survécu à l'annihilation immobilière allemande de l'an 1940, mais aussi l'incontournable statue de Jean Bart, la rock-star locale, et même un cliché du tout nouvel hôtel-spa-piscine-fitness-sauna-etc. de standing inauguré quelques mois plus tôt. Manifestement, la logeuse ne craignait pas la concurrence de la machine de guerre touristique du front de mer. Sans doute les deux hôtels ne visaient-ils pas la même catégorie de clientèle.

Propre et réchauffée, Gabriella s'était engourdie dans le lit. Les draps en grosse toile étaient rêches sur son corps nu, mais elle se ramollissait agréablement sous la couverture, parcourant sur son ordinateur la presse du jour. Son téléphone se mit à vibrer. « ¡ Hola ! », annonçait la messagerie cryptée. C'était Mario.

« Quoi de neuf ? » répondit-elle en espagnol.

« Pas grand-chose. Avec mes potes, on n'a pas réussi à craquer tous les serveurs des flics mais dans les informations qu'on a pu collecter, on n'a rien trouvé. »

Avant de quitter Paris, Gabriella avait lancé son frère sur la piste de tout ce qu'il pourrait trouver chez les policiers français concernant l'enquête relative au naufrage du Zodiac de Kamal. Mario était un hacker de génie dont les compétences étaient reconnues dans le monde underground du *Dark Web*. Depuis la Bolivie, il n'avait pas son pareil pour forcer les portes informatiques, dénicher des informations.

« Qu'est-ce que tu en penses ? »

« La plupart des enquêtes sur les migrants qui cherchent à traverser ne vont pas très loin. Il y en a trop, les poulets sont débordés, et puis ils s'en foutent. Quand ils en serrent un, les flics rédigent leur paperasse et relâchent le type dans la nature. Rien d'étonnant à ce qu'il n'y ait pas grand-chose. »

Le migrant à la batte de base-ball était la seule piste sérieuse. Gabriella recommença à pianoter.

« Tu peux chercher des infos sur un réseau de trafics sexuels de femmes migrantes à Dunkerque ou dans le Nord ? Ou des traces de faits-divers ou des plaintes concernant des viols de migrantes ».

« C'est sur une histoire d'esclavagisme sexuel que tu travailles ? ».

« Non, pas directement. C'est une piste secondaire. Je cherche le salopard qui est responsable du naufrage de ce canot, dans la mer du Nord. Mais j'ai l'impression que ce fils de pute est aussi à la tête d'un trafic sexuel de migrantes. »

« Ça me dégoûte. Bon d'accord, je regarde ce que je trouve. »

« Merci grand frère, à bientôt. »

« À bientôt, Sister. »

Gabriella souriait en refermant la messagerie. Mario avait exactement le même âge qu'elle. Ils étaient nés le même jour dans la prison de La Paz. Ils n'étaient pas jumeaux mais avaient grandi ensemble, subi les mêmes traitements, les mêmes violences, avaient vécu aussi beaucoup de joies ensemble, solidaires. Une grande proximité les unissait, même si l'Atlantique les séparait désormais. Si Mario avait le statut d'aîné, c'était seulement parce qu'il était né une heure avant Gabriella.

Remontant la couette au-dessus de sa tête, environnée d'une chaleur réconfortante, elle appela Gabriel. Cinq sonneries résonnèrent sans réponse et sans qu'un répondeur ne se déclenche. Gabriella aurait pu lui envoyer un SMS ou un message vocal sur WhatsApp, mais ce vieux ringard n'avait pas de smartphone. Si le Poulpe s'était depuis quelques années équipé d'un téléphone portable, c'était d'un rustique Nokia 3310, qui ne faisait guère plus qu'envoyer et recevoir des appels. La septième injonction fut la bonne.

— C'est qui, demanda un Poulpe grognon ?

— Il me faut des faux papiers français, demanda-t-elle aussitôt.

— Bonjour à toi aussi Gabriella. Content d'avoir de tes nouvelles. Oui, je vais bien, et toi ?

— Si je t'envoie toutes les infos et la photo par mail ce soir, tu penses que c'est possible pour demain ?

— Quoi ! Demain ? Tu sais le temps que ça prend de fabriquer une fausse carte d'identité ? Et combien ça coûte ?

— Non, mais tu vas t'arranger, insista la jeune femme. Le Poulpe retombe toujours sur ses tentacules, sinon tu ne serais plus là.

— Très drôle.

— Bon, demain soir, c'est possible ?

— Tu as du fric pour payer ? Un service express, c'est toujours plus cher.

— Non, je n'ai pas d'argent. Tu peux m'avancer ?

Cette fille était décidément culottée. Elle l'agaçait autant qu'elle lui plaisait. Gabriella était sa digne héritière, mais parfois, elle lui cassait vraiment les couilles.

— OK, je vais voir.

— Merci. Tu m'amènes ça ?

— T'es où ?

— Dunkerque.

— Pourquoi tu ne me dis pas quand tu te barres ?

— Ah non, tu ne vas pas recommencer, Gabriel, je ne suis pas ta fille. Je suis libre, je fais ce que je veux.

Quelques instants passèrent. L'attention de Gabriel l'agaçait autant qu'elle la touchait. Au fond, elle aimait bien qu'il s'inquiète pour elle.

— Qu'est-ce que tu fais à Dunkerque ? T'es pas là-bas pour le Carnaval, je suppose ?

Devant le silence de la jeune femme, il poursuivit :

— Le Carnaval de Dunkerque. L'un des plus connus de France et le plus célèbre du nord du pays.

Gabriella commençait à comprendre la présence des zigotos étrangement accoutrés et maquillés qu'elle croisait dans les rues depuis son arrivée.

— Bon je t'attends demain soir à Dunkerque. Je te réserve une chambre dans le même hôtel que moi. Prends un stylo et note l'adresse, puisqu'on ne peut pas t'envoyer de SMS.

6

Il pleuvait ce matin sur le Dunkerquois. Les jours se suivaient mais ne se ressemblaient pas. Aujourd'hui, c'était un jour sans. C'est-à-dire « avec » la drache. Une pluie dense qu'un inopportun vent marin achevait de rendre glaciale.

Même s'il lui en coûtait de quitter son lit, Gabriella ne voulait pas différer son programme du jour. Le migrant à la batte de base-ball pouvait passer en Angleterre à tout moment, il fallait vite le chopper et lui faire cracher ce qu'il avait à raconter. Elle aurait préféré rester sous la couette et finir de visionner sur son ordinateur le documentaire sur lequel elle s'était endormie la veille. Un reportage sur la traversée de la Manche par les migrants intitulé « *Les plages de l'embarquement* », qui confirmait tout ce que lui avaient raconté Kamal et les deux bénévoles la veille au soir.

Dans le supermarché du centre-ville de Dunkerque, elle acheta des paquets de biscuits, des tablettes de chocolat ainsi que quelques autres victuailles, et un large *K-Way*. Les deux gros sacs qu'elle remplit avec tout ça la convainquirent de rejoindre la *Batterie de Zuydcoote* en bus et non à moto. Bus gratuit, qui plus est.

La grande cour rectangulaire était vide. Les brasiers qui aimantaient la veille les occupants du fort se résumaient ce matin à des tas de cendres détrempées. Gabriella supposa que les migrants se protégeaient des intempéries, claquemurés dans les tentes plantées à l'abri des alcôves nichées dans les murs ceinturant l'espace.

Maintenant qu'elle les voyait de plus près, la jeune femme constatait que ces niches avaient des toits voutés en brique qui retenaient le sable sous lequel elles s'enfonçaient. Bien qu'anciens, ces refuges semblaient robustes. « *Deutsche qualität* », comme l'affirmait l'industrie teutonne à l'époque nazie.

Le camp n'était pas pour autant sans activité. Sous l'une des voutes, les bénévoles d'une association s'activaient. Ils portaient des gilets signés du nom de leur structure, *La soupe solidaire*. Gabriella, qui avait enfilé sur sa cape de pluie le gilet d'*Avenir 59* emprunté à Louise, les rejoignit. Après avoir salué ses trois « collègues » présents, deux hommes et une femme, elle déposa ses sacs au milieu de leurs victuailles. La femme remuait dans un gros bidon une chorba délicieusement odorante. Un homme tirait d'un autre bidon des brocs de café fumant pendant que son collègue composait des sacs repas à partir de pain, de fruits et de salades en conserves.

— Tu es seule, demanda la bénévole ?

— Oui, on n'a pas grand-chose à distribuer ce matin, mentit Gabriella.

— Moi c'est Mathilde.

— Monica.

— C'est bien ce que vous faites à *Avenir 59*. Vas-y, fais ta distrib' Si tu as besoin d'aide, tu fais signe.

Il y avait une dizaine d'alcôves autour de la cour. L'homme à la batte de base-ball devait se trouver dans l'une d'elles. Gabriella se dirigea vers une première niche. Elle appela pour signaler sa présence, et en réponse entendit du mouvement dans l'une des deux tentes qui se trouvaient là. Au bout de quelques instants, la toile qui obturait l'entrée se souleva, révélant le visage fatigué d'un homme jeune. Ses deux compagnons se serraient dans l'espace exigu qui dégageait une forte odeur de corps qui avaient besoin d'être lavés. Sur le sol, un jeu de carte interrompu les attendait. Aucun des trois occupants ne ressemblait à celui qu'elle cherchait. Gabriella leur remit quelques provisions puis passa à la tente suivante. Celle-ci était occupée par un couple avec deux enfants, dont un bébé qui semblait n'avoir que quelques semaines. Il pleurait dans les bras de sa mère.

— *Milk, milk*, implora la femme.

— *No milk. Chocolate*, proposa Gabriella ?

Elle tendit une tablette vers une petite fille de 5 ou 6 ans qui se tenait, recroquevillée, au fond de l'abri, emmitouflée dans une couverture. La gamine était amorphe, tout comme son père, qui ne semblait même pas avoir remarqué l'intrusion de Gabriella. Devant leur mutisme, Gabriella posa le chocolat sur le sol de la tente. Une déchirure dans la toile laissait pénétrer quelques gouttes projetées par le vent dans le petit espace.

— *Milk*, tenta à nouveau la femme.

La détresse de la mère toucha Gabriella. La scène lui fit revenir les images de sa mère dans la prison de La Paz. Elle remuait quelque chose au fond de son cœur, quelque chose de son enfance, quelque chose de sa vie en prison.

— Je vais voir, répondit-elle.

Elle se dirigea vers Mathilde. Les trois militants avaient démarré la tournée des tentes.

— Tu as du lait pour la femme qui est là-bas ? Elle a un tout petit bébé dans les bras.

Mathilde regarda dans la direction signalée par Gabriella. De l'eau coulait sur son visage mal protégé des intempéries.

— Il lui faut du lait maternel, pas du lait de vache classique. On n'en a pas.

— On ne peut pas l'orienter vers un centre spécialisé, une autre institution ?

— Si, et on l'a fait mais elle ne veut pas bouger d'ici. Si l'ordre de partir arrive, elle ne veut pas rater la traversée de la Manche.

— Alors, on ne fait rien ?

— Tu peux lui acheter du lait avec ton fric et lui amener ici... mais à part ça, je n'ai pas de solution, là maintenant.

Mathilde retourna à sa distribution, et Gabriella vers la famille. Dans sa poche, elle ne trouva qu'un billet de 10 euros. C'est tout ce qu'il lui restait après l'achat des courses du matin. Elle le tendit à la femme.

— *For milk*, à la pharmacie.

La femme prit le billet puis abaissa la toile, obturant la tente et laissant Gabriella avec sa frustration. À l'intérieur, le bébé continuait de pleurer.

Elle n'était pas venue pour faire de l'humanitaire, il fallait se reconcentrer sur l'objectif. Gabriella allait aborder une nouvelle alcôve quand elle vit l'homme, sans son gourdin, qui se servait un café, seul dans l'espace où les bénévoles de *La soupe solidaire* avaient déposé leur matériel. Elle se précipita, un paquet de biscuits à la main, qu'elle lui tendit.

— *Biscuit ? To eat with your coffee.*

L'homme se tourna vers elle. Son œil droit était étrange. L'iris en recouvrait presque complètement la surface, et sa pupille était minuscule. Il lui sourit.

— *No, thanks*. Pas *biscuit*. Moi boire *coffee*.

— Vous parlez français ? Moi c'est Monica. Vous venez de quel pays ?

L'homme resta muet pendant quelques instants.

— *Excuse me*, finit-il pas lâcher avant de s'éloigner sous la pluie pour rejoindre une tente à l'autre bout de la cour.

Mais au lieu de s'enfermer sous la toile, il resta à l'extérieur, protégé de la pluie par la voûte de briques.

Ainsi, il pouvait observer ce qui se passait à proximité. Il braqua son regard malade sur Gabriella qui n'avait pas bougé. Elle reprit sa distribution, sans oublier de jeter, de temps en temps, un regard discret vers sa cible. Au bout de quelques minutes, l'homme semblait l'avoir oubliée.

La pluie devint moins intense et quand il ne tomba plus que quelques gouttes éparses, le migrant abandonna à nouveau son abri. Il avait enfilé un blouson et tenait sa batte à la main. Il quitta la cour et disparut. Gabriella partit à sa poursuite.

Les traces de pas la conduisirent derrière l'un des blockhaus plantés face à la mer. Après l'un des angles de la construction, l'homme l'attendait.

— Pourquoi tu suis moi ? Police ?

Il tenait sa batte de base-ball de manière menaçante, les deux mains serrées sur le manche. Trop haut et trop à gauche, jugea Gabriella. Il ne la voyait probablement qu'avec son œil valide et exposait tout son autre côté. Pas pro du tout. Ce type ne savait pas se battre. Pas le temps de discuter, ni de sortir un poignard, mais ce n'était pas grave. Comme réponse, Gabriella adressa au migrant un coup de pied fulgurant qui le heurta dans le poumon droit et lui fit lâcher son arme. Elle compléta avec un puissant coup de poing sur la tempe gauche. Le mec bascula au sol. Elle pensait l'avoir étourdi et s'apprêtait à réitérer sa frappe quand elle constata que l'homme était évanoui.

Trop facile !

Sans attendre, Gabriella prit le rouleau de corde dans son sac à dos.

Il recommençait à pleuvoir.

7

Gabriella s'assit sur le sol froid en béton et souffla un peu. Même si elle se trouvait aux abords de la redoute quand elle avait assommé le migrant, il ne lui avait pas été facile de traîner le corps amorphe à l'intérieur. Elle était athlétique, mais bon, le mec pesait plus que son poids et il était difficile de se mouvoir dans cette construction envahie par le sable et qui penchait fortement vers la mer. Gabriella l'avait installé dans la salle où devaient naguère se trouver les canons. C'est du moins ce qu'elle supposait, vu que l'endroit était désormais complètement vide, si ce n'est quelques reliefs de squats. Une grande faille horizontale creusée face à la mer dans l'épais mur semblait un indice suffisant. Cela tenait du miracle que le type ne se soit pas réveillé, ainsi balloté. Elle avait dû bien le sonner. Ils n'avaient croisé personne aux abords ni dans le blockhaus. Merci l'averse.

Gabriella avait froid dans ses vêtements que la pluie était parvenue à détremper malgré le *K-Way*. Putain de pays. Dans un coin, un tas de bois sec avait opportunément été abandonné par de précédents occupants dont on trouvait les déchets ça et là, à côté des cendres d'un ancien feu. Gabriella sortit ses allumettes et, s'aidant d'un paquet de biscuit vide, réussit à faire démarrer un feu dont la chaleur ne tarda pas à la réconforter.

L'homme mit encore quelques minutes à émerger.

— Vous Police, furent ses premiers mots ?

Le boulot reprenait. Gabriella quitta à regret la proximité des flammes, releva les manches du blouson et du pull qui couvraient son avant-bras gauche, faisant apparaître l'étui du poignard qui ne demandait qu'à être utilisé. Puis elle s'approcha du mec qui, bien qu'ayant les mains entravées dans le dos et les jambes ficelées, avait réussi à s'asseoir. Avec son avant-bras gauche, Gabriella lui plaqua la tête contre le mur, sans ménagement. De sa main libre, elle souleva le blouson et le pull du type et découvrit son torse.

— Pour qui tu travailles, demanda-t-elle ?

— Aïe, mal moi. Vous Police ?

OK, on n'allait pas perdre de temps. Sans relâcher la pression sur la gueule du type, Gabriella saisit son arme de sa main libre. D'un geste sûr et efficace, les années de prison pouvaient avoir du bon, elle lui incisa la poitrine en descendant jusqu'au ventre. La blessure n'était que superficielle, mais le mec gueula, plus par surprise ou peur qu'en raison de la douleur.

— *You are crazy. You are the daughter of the devil !*

— Ta gueule. Pour qui tu travailles ?

— Qui vous être ?

D'accord, d'accord, si tu ne veux pas y mettre du tien, tant pis. Nouvelle incision. Mais cette fois, au lieu de gueuler, le mec se mit à pleurer.

— *Stop please, stop this.* Moi parler, moi parler.

Il sanglotait. Gabriella le lâcha et se redressa. Qu'est-ce qu'avait dit Chandler ? Une pourriture, un pauvre type ou les deux ? Celui-ci était peut-être une pourriture, mais il avait déjà tout du pauvre type.

— Parle.

— Moi pas savoir *who is chief.* Pas connaître chef. *I don't lie.* Moi *want to go England, that's all. Want to go to England.*

Dans ce mélange de français et d'anglais, tous deux rudimentaires, Gabriella réussit à lui tirer les vers du nez, sans nouvelle hémorragie.

Syrien de naissance, Berwan était kurde. Il appartenait à ce peuple sans État qui essayait de préserver l'embryon d'indépendance que ses congénères et lui avaient réussi à mettre en place, à cheval sur la Syrie et la Turquie. Soldat de l'armée kurde, Berwan était aussi membre du *Parti des travailleurs du Kurdistan*, le *PKK*, bête noire à la fois du syrien Bachar el-Assad et du Turc Recep Tayyip Erdogan, dont les troupes harcelaient les bataillons kurdes. Fatigué par une vie de peur, de violence, de clandestinité, de souffrances, Berwan avait saisi une opportunité de gagner l'Angleterre depuis laquelle œuvrait une cellule du *PKK* qu'il comptait rejoindre. Mais les passeurs foireux qu'il avait payés pour son voyage l'avaient abandonné sur la côte française, sans solution pour effectuer la traversée vers l'Angleterre.

Berwan n'avait pas eu d'autre solution que de se mettre au service d'un des réseaux qui organisaient les traversées de la Manche, en échange d'une promesse de sésame vers la Grande-Bretagne. Il réalisait des travaux divers : accueil des nouveaux arrivants à la gare de Dunkerque et convoyage jusqu'aux camps de migrants, surveillance de ces camps afin de vérifier si tout s'y passait bien et si la Police ne rodait pas dans leurs environs, livraison de vivres aux clandestins, préparation des bateaux pour la traversée, accompagnement des groupes au moment de l'embarquement...

— Comment tu fais pour contacter ton chef ?

— Eux donner *mobile phone. They call me* pour travail.

Gabriella n'était pas sûre de la sincérité du jeune

syrien mais Berwan avait l'air tellement paumé qu'elle était plutôt encline à penser qu'il ne mentait pas. Comme les autres migrants, il était une victime, même s'il avait accepté de travailler pour les passeurs. Elle se pencha de nouveau vers lui, le couteau en avant. Le Kurde eut un mouvement de recul.

— *No, please...*

Mais au lieu de l'entailler à nouveau, Gabriella saisit les mains de Berwan et trancha ses liens. Libre, l'homme larmoya encore plus. Il frappait sa poitrine, étalant le sang de ses blessures sur tout son torse.

— *Help me God, help me. Devil is inside me, help me.*

Il a l'air bien *jet lag* dans sa tête, se dit Gabriella. Elle lui demanda :

— Est-ce que tu as livré des femmes à tes chefs ?

Berwan se figea. Un instant, Gabriella se demanda si elle ne l'avait pas libéré trop tôt, si elle n'avait pas été trop confiante.

— *Never, never*. Moi pas donner *woman*. Eux *rape*, violer femme, toi comprendre ? Moi *don't do that. Don't do that*.

— Mais si tu devais leur livrer une femme, comment tu ferais ?

Un scénario commençait à germer dans l'esprit de Gabriella.

— Moi avoir *number to call*, lui dit-il finalement.

8

Malo-les-Bains est une ancienne commune du département du Nord rattachée à Dunkerque en 1970. Elle en constitue désormais le quartier le plus touristique. Épargnée par les bombardements de la Seconde Guerre mondiale, « Malo », comme disent les Dunkerquois, se distingue par sa longue plage de sable et un front de mer délicieusement désuet du début du vingtième siècle. Les malouines, ces maisons à l'architecture si typique, hébergent encore, derrière leurs façades romantiques et ouvragées, une population plutôt friquée venue de Lille ou des Flandres pour se nettoyer les poumons à l'air marin.

La Digue de Mer, longue artère longeant la plage, est parsemée de restaurants, proposant moules-frites, welshs, carbonades et autres spécialités diététiques flamandes. L'été, la gastronomie locale est renforcée par les vendeurs de glaces et de barbes à papa, qui délivrent leurs sucreries à une débonnaire populace touristique qui supplante temporairement la bourgeoisie locale. Ces gueux n'ont pas les mêmes exigences esthétiques que les exhibitionnistes de *Copacabana*. On peut ainsi parfois croiser parmi eux les courbes généreuses et les teints rosés de véritables *Barbapapa*.

Si l'été « *la plus belle plage du Nord* », comme s'enorgueillit l'office de tourisme, est colonisée par les terrasses, en ce début de printemps, la plupart des échoppes étaient closes, à l'exception de quelques valeureux qui maintenaient toute l'année une activité destinée aux locaux. Le *Rock café* est l'un de ces intemporels. Il propose toute l'année une carte bien achalandée de bières, notamment à la pression. Son nom n'est pas sans rapport avec les playlists qui en constituent l'environnement sonore.

Malgré l'affluence nombreuse de ce début de soirée, Gabriella repéra sans difficulté la table où l'attendait Chandler, près de la baie vitrée. La nuit occultait la perspective sur l'océan dont la présence n'était suggérée que par le bruit régulier du clapotis des vagues, les quelques mètres de sable éclairés par la terrasse de l'établissement et, au loin, les lumières des ferries et paquebots déambulant tardivement sur la mer.

Sur les conseils de Chandler, Gabriella commanda une pinte de *Page 24*, une bière du Nord. Lui carburait à la *Saint-Omer*. La plus accessible financièrement.

— Je t'invite, annonça Gabriella.

— Il ne faut pas, répondit poliment Chandler, sur un ton qui indiquait qu'il ne se battrait pas. Ton reportage avance ?

Gabriella n'avait pas très envie de lui expliquer ce qu'elle avait fait depuis qu'ils s'étaient quittés, la veille au soir.

— Est-ce que tu as déjà rencontré des femmes migrantes qui ont été victimes de trafic sexuel ?

— Aucune, répondit Chandler. Tu as entendu ce que disait Kamal : les salauds qui font ça les libèrent au dernier moment, juste avant que ces femmes n'embarquent pour l'Angleterre. À ce moment-là, les migrants n'ont plus qu'un seul objectif : traverser. Alors, celles qui se sont fait violer, c'est de l'autre côté de la Manche que, peut-être, elles en parleront, mais pas en France.

— Il n'y a pas des femmes qui disparaissent ?

— Peut-être, répondit Chandler. Mais comment veux-tu qu'on le sache ? On ne sait pas combien arrivent à Dunkerque ni combien sont enlevées.

— La Police est au courant de ce trafic ?

Chandler ricana.

— Les flics, ils passent leur temps à harceler les migrants. Dès qu'un camp s'enracine, les CRS viennent le mettre à sac. La préfecture appelle *Avenir 59* pour donner un peu « d'humanité » à ces évacuations : on est censé proposer des solutions d'hébergement plus dignes, mais en fait les keufs nous utilisent. On leur sert à recenser les clandestins qu'ils pourront ensuite arrêter et expulser. Certains obtiendront le droit d'asile, mais c'est une minorité. Qu'est-ce que tu crois qu'ils font les migrants, quand les CRS débarquent ? Ils s'enfuient, en essayant d'emporter quelques affaires, puis ils s'installent dans un autre camp. Tu penses sérieusement que des femmes vont aller voir les flics pour porter plainte ?

Un silence s'installa.

— Tu as un copain, hasarda le jeune homme ?

Les hostilités commençaient, se dit Gabriella, pas mécontente. Elle devait bien avouer que la perspective de ce *date* nocturne lui avait travaillé le bas-ventre toute la journée. Elle s'apprêtait à répliquer quand un homme se planta devant leur table. Il avait la soixantaine, tenait un sac de voyage en cuir élimé à la main et souriait de toutes ses dents.

— Bonsoir, lança le Poulpe.

— Qu'est-ce que tu fous là, demanda Gabriella, hostile ? On devait se retrouver à l'hôtel.

— Tu ne me présentes pas ton petit copain ?

— Ce n'est pas mon petit copain !

Déjà, le Poulpe tendait une main en direction de Chandler.

— Je suis Gabriel. Vous êtes ?

Gabriella repoussa la main, empêchant le jeune homme de rendre le salut.

— Arrête de me surveiller, c'est pénible.

— Je suis son ami, indiqua le Poulpe à Chandler.

— Ah... je ne savais pas. Je devrais vous laisser...

Chandler se leva.

— Ce n'est pas mon « ami », c'est l'ami de mon père, enfin pas mon père en vrai. Tu vois ?

Mais comme le regard de Chandler indiquait qu'il ne comprenait pas, elle ordonna : « Tu t'assois ! ».

Pendant que Chandler reprenait sa place, Gabriel saisit la chaise mitoyenne et fit de même.

— Bon, alors je disais : je suis Gabriel. Et vous ?

— Ah ah ah ah Léon il a dans son kanneçon un joli saucisson.

Ah ah ah ah Louise elle a dans sa chemise une jolie boîte à prise.

Il était plus de minuit. Gabriel titubait sur la digue, suivi par Gabriella et Chandler. Il reprenait les chansons du carnaval qu'entonnaient les petits groupes de carnavaleux qu'ils croisaient sporadiquement.

Après son arrivée tonitruante à la table des deux jeunes, le Poulpe s'était jeté sur la carte des bières. Après une *Paix Dieu Triple* à 10 degrés, une *Bersalis* à 9 degrés, il avait commandé une *Raftman* au malt à whisky à 15,5 degrés, et toutes à la pression !

La tension des premiers instants avait rapidement fait place à une discussion plus conviviale. Gabriel et Chandler avaient expliqué à Gabriella ce que représentait le Carnaval pour la ville de Dunkerque.

Pendant plusieurs semaines, chaque année entre janvier et mars, avaient lieu dans toute l'agglomération divers événements et surtout des défilés, les « bandes ». Des convois joyeux et arrosés, dont de nombreux participants se travestissaient.

— Pourquoi les hommes s'habillent-ils en femmes, avait demandé Gabriella ?

— C'est une tradition, avait répondu Chandler. Ça remonte au 18ème siècle. Les marins qui partaient pêcher la morue dans la Mer du Nord faisaient la fête la veille du départ. Ils partaient parfois pour six mois et la pêche était dangereuse. Comme ils avaient mis toutes leurs affaires sur le bateau, ils prenaient celles de leurs femmes restées à terre. Ça a commencé comme ça, il paraît. Aujourd'hui, les carnavaleux ont des costumes parfois très travaillés. On appelle ça le *clet'che*.

— Le point culminant du Carnaval de Dunkerque, c'est la dernière bande, avait ajouté le Poulpe, qui aura lieu dimanche, dans le centre-ville. Elle se termine devant l'Hôtel de Ville. Depuis le balcon, le Maire envoie dans la foule des harengs, poissons traditionnels de Dunkerque.

— C'est dégueu !

Chandler avait souri.

— Depuis quelques années, ce ne sont plus des harengs frais mais sous plastique.

Maintenant, Gabriella et Chandler marchaient silencieusement.

— Je crois que Gabriel a passé une bonne soirée.

— Il est bourré, oui, répondit Gabriella. Elle soupira. Il n'est pas en état de prendre le volant de sa voiture de location.

— Pas grave, on va le ramener.

— Il ne s'est même pas enregistré à l'hôtel, je vais

devoir l'accueillir dans ma chambre. Ça me gonfle. Il vieillit et il est parfois un peu relou.

— Monica, c'est ton vrai prénom ? Parce que Monica et Chandler, ça fait penser au couple de la série *Friends* et je t'avoue que quand tu as répondu à mon message initial, j'ai cru que tu te moquais de moi.

Gabriella feinta une nouvelle fois.

— Pourquoi tes parents t'ont-ils prénommé Chandler ?

— Ben, justement, ma mère était fan de *Friends*, elle trouvait Chandler « trop beau ». Alors...

— T'es architecte alors ? Tu construis quoi ?

— Bah, pas grand-chose pour le moment, je suis jeune diplômé. J'apprends encore auprès des mecs plus expérimentés que moi dans le cabinet où je bosse.

— Et Louise, elle fait quoi ?

— Elle vend des fringues dans une boutique de prêt-à-porter du centre-ville.

— C'est ta copine ?

Chandler éclata de rire.

— Non, elle est lesbienne. Pas de sexe entre nous. C'est une chic fille, cool et généreuse. On s'est rencontrés chez *Avenir 59,* et on est tout de suite devenus potes. À l'époque j'étais encore étudiant et comme on n'avait pas beaucoup d'argent, on s'est mis en coloc dans le quartier de Rosendaël, pas loin d'ici. On est souvent fourrés ensemble, alors les gens pensent que c'est ma meuf. Mais elle vit sa vie, si elle a un plan, elle y va. Et moi aussi...

Gabriel venait de dévier de sa trajectoire jusqu'à maintenant peu ou prou linéaire et se dirigeait vers une sculpture installée en surplomb de la plage.

— C'est quoi, ce truc ?

Quelques formes alambiquées en métal sombre, qui

ressemblaient à des bras, sortaient du sol et montaient, tordues, vers le ciel. Il s'approcha pour lire la plaque qui présentait l'œuvre : « *Oui will become one another*, par Laure Prouvost ». Gabriel contempla encore la sculpture pendant quelques instants puis il se retourna vers les deux jeunes, hilare.

— C'est un poulpe, t'as vu Gabr... Monica ? C'est moi, c'est une sculpture qui a été réalisée en mon honneur !

— Qu'est-ce qu'il raconte, demanda Chandler ?

— T'occupe, il est torché. Il dit n'importe quoi

Saisissant Gabriel par le bras, elle le tira vivement pour l'amener vers la voiture : Bon, maintenant c'est l'heure d'aller faire dodo.

Gabriella gara la voiture devant *Chez Annette*. Avec l'aide de Chandler, elle saisit Gabriel, qui s'était endormi sur le siège arrière, et le porta jusqu'au premier étage où ils l'allongèrent sur le lit, dans la chambre de la jeune femme. Le Poulpe ronflait fortement.

— Ton lit n'est plus libre, plaisanta Chandler. Je peux t'héberger.

— Pour coucher avec toi ?

Le jeune homme fit semblant d'hésiter.

— C'est le lit de Louise la lesbienne ou le mien, tu as le choix.

— Hum... je vais y réfléchir. Pour le moment, ressortons et paye-moi une bière. On n'a pas encore commencé notre soirée, tous les deux.

9

Les volets n'étaient pas fermés et le soleil lui caressait le visage. Gabriella ouvrit un œil mais décida d'ignorer cette lumière malvenue qui contrariait sa nuit trop courte. Elle était couchée sur le côté gauche et enlaçait un Chandler assoupi que la clarté du matin ne semblait pas tourmenter. Gabriella se lova un peu plus un peu plus contre son amant et constata avec bonheur que leurs corps s'épousaient parfaitement. Elle emboîtait opportunément sa tête sur l'épaule du jeune homme ; son ventre et son torse, qu'une poitrine hélas trop menue, ce qui était son grand désespoir, rendait plutôt plat, accompagnaient la ligne du dos musclé de Chandler ; son pubis suivait l'arrondi de ses fesses et leurs jambes s'emmêlaient comme si elles ne pourraient jamais se défaire les unes des autres. Le corps du jeune homme dégageait une odeur de sueur chaude qui, loin de l'incommoder, excitait la jeune femme. Une délicieuse envie montait au creux de son ventre.

Mais décidément, cette lumière était trop forte...

Agacée, Gabriella se remit sur le dos, s'apprêtant à se lever pour aller fermer les volets, afin de prolonger la complice harmonie avec Chandler. C'est ainsi qu'elle comprit qu'elle n'était pas seule dans le lit avec le jeune homme. Sur sa droite, Louise se levait. La militante lui adressa un large sourire et d'une voix pâteuse, annonça :

— Je bosse, faut que j'y aille.

Louise déambula un moment dans la pièce, parfaitement nue mais sans aucun gène, à la recherche de ses vêtements éparpillés. Quand elle eut fini de s'habiller, la militante se rapprocha du lit et se pencha vers Gabriella. Sans préambule, elle lui déposa un baiser sur les lèvres.

— C'était bien cette nuit, j'espère qu'on recommencera.

Abasourdie, Gabriella la regarda quitter la pièce avant d'entendre la porte de l'appartement s'ouvrir et se refermer. Peu à peu, elle se remémorait sa nuit dans ce lupanar.

Chandler mit encore quelques minutes à émerger. Quand il lui adressa un sourire rayonnant cerclé de cheveux dorés en bataille, Gabriella se demanda si elle n'était pas en train de tomber amoureuse.

— Bien dormi, demanda-t-il ?

— Oui, et toi ?

— En forme. J'ai un entraînement de side-car cross, ce matin. Tu m'accompagnes ?

Gabriella avait rendez-vous avec Berwan dans la soirée. Elle n'avait donc pas de projets d'ici-là.

— Pourquoi pas.

Chandler lui adressa à nouveau un sourire ensorceleur.

— Mon coéquipier vient me chercher dans une heure.

— C'est parfait. En attendant, embrasse-moi.

10

Comment pouvait-on appeler cela une piste de course ? Ça ressemblait plutôt à la ligne de front entre la Russie et l'Ukraine, un champ de bataille lacéré par les side-cars qui tournaient en rond, projetant de la boue en tous sens, dans un vacarme assourdissant et une odeur d'essence qui saturait l'air. Mais au moins, ce matin, il ne pleuvait pas.

L'équipage de chaque bolide était composé de deux hommes casqués, vêtus de combinaisons intégrales. Le pilote conduisait la moto pendant qu'à ses côtés, en équilibre instable sur un plateau accroché au bolide, son équipier se tortillait afin de stabiliser dans les virages, à l'aide du poids de son corps, le véhicule lancé à pleine vitesse. C'était donc cela, le sport que pratiquait Chandler, si toutefois on pouvait appeler sport ce que Gabriella jugeait plutôt être un défouloir de jeunes mâles attardés.

Chandler faisait office de « singe », car tel est le nom dont on affuble l'acrobate du duo. Il s'échinait à redresser le side-car qu'Éric, son coéquipier et ami, maltraitait par une conduite nerveuse et brutale.

Comme prévu, Éric avait débarqué au volant d'un vieil utilitaire Renault jaune qui avait dû autrefois appartenir à la Poste. Les deux hommes avaient monté à l'intérieur le side-car qui dormait dans le garage situé au rez-de-chaussée de la maison en colocation qu'occu-paient Louise et Chandler. Ce n'était d'ailleurs plus uniquement un garage, mais un atelier, dans lequel se trouvaient des établis recouverts d'outils ainsi que les cadavres de plusieurs motos plus ou moins amputées dont les organes avaient servi à créer le monstre qu'était le side-car des deux hommes.

Alors qu'ils quittaient Dunkerque en direction de la campagne, serrés dans la cabine à l'avant de l'utilitaire, Chandler avait vaguement expliqué à Gabriella les rudiments de son sport. Le side-car était une moto à laquelle on avait ajouté, sur le côté droit, un plateau nommé « panier » qu'occupait le singe. Le singe était un poste très physique, dangereux, où l'on se blessait facilement. Gabriella comprit mieux d'où venait la musculature de Chandler. Il y avait plusieurs disciplines différentes dans le side-car, notamment des courses de vitesse, qui se pratiquaient sur de vraies pistes en asphalte. C'est la discipline qu'Éric et Chandler rêvaient d'exercer mais le type de side-car nécessaire était cher et les deux jeunes hommes n'en avaient pas les moyens. Ils avaient acheté leur engin actuel d'occasion et le bichonnaient pour que celui-ci supporte le plus longtemps possible les traumatismes qu'ils lui infligeaient dans les compétitions locales. Et ils s'amusaient beaucoup comme ça. Si Éric lui certifia que le moteur de 85 chevaux et 700 cm^3 tournait à merveille, Gabriella ne pouvait que constater les nombreuses traces de chocs et éraflures sur la carrosserie, qui donnaient à leur engin l'allure d'une épave. Le pilote insista sur le budget que représentaient les pneus, très sollicités, et qu'ils étaient obligés de changer souvent. Le « panier » sur lequel devait se tenir Chandler se résumait à un simple plateau sur lequel était fixé un arceau auquel il devait se tenir. Rudimentaire et dangereux.

Gabriella regardait les motos depuis la buvette,

cahutte de planches disjointes devant laquelle étaient installées quelques tables, si l'on acceptait ce nom pour quelques planches posées sur de gros bidons métalliques. Elle sirotait une *16* quand les deux hommes, qui avaient décidé de faire une pause, vinrent la rejoindre.

— Alors, ça te plaît, demanda Chandler ?

Elle préféra ne pas décevoir un tel sourire.

— Oui, beaucoup.

— Tu veux essayer de faire la guenon, demanda Éric. C'est la femelle du singe, non ?

Et il éclata de rire. Gros relou.

— C'est dangereux, tempéra Chandler.

— Tu peux prendre sa combinaison et son casque, proposa le pilote. Vous faites à peu près la même taille et comme tu n'as pas de poitrine, tu ne seras pas serrée.

Connard. Va baiser tes putes siliconées. Tu me prends pour qui ? Tu penses que je n'en suis pas capable, d'être ton équipière ? Parce que je suis une gonzesse ?

— OK, répondit-elle.

— Je vais conduire le side, déclara Chandler.

— Non, laisse faire Éric. C'est bon pour moi.

Le pilote effectua le premier tour au ralenti, ménageant manifestement la « guenon ». Les autres side-cars les dépassaient en rugissant. Gabriella n'était pas mécontente de cette mansuétude qui lui permit de se familiariser avec sa fonction. Timide dans ses mouvements dans un premier temps, elle prit de l'assurance, comprenant qu'il ne fallait pas hésiter à y aller franchement et peser de tout son poids pour équilibrer le véhicule.

— Pourquoi tu roules au ralenti, tu te balades, lança-t-elle quand elle se sentit au point ? C'est tout ce que tu as à me montrer ?

Piqué au vif, Éric augmenta brusquement les gaz,

manquant d'éjecter Gabriella qui, surprise, n'avait pas assez affermi sa prise sur l'arceau. La situation changea du tout au tout. Éric fonçait désormais sur la piste, enchaînant les monticules qui se multipliaient sur le parcours. À chaque fois qu'il atteignait un sommet, le side-car décollait avant de retomber brutalement. Immanquablement, Gabriella encaissait un choc dans les jambes et le dos. Ah oui, quand même ! Elle peinait à rester debout. Elle devait anticiper les secousses pour ne pas se faire mal. Éric pris le premier virage à gauche plein gaz. Le bolide pencha et le plateau situé à droite quitta le sol. Gabriella dut se coucher presque au niveau du sol pour éviter que le side-car ne se renverse. La piste virait ensuite sur la droite. Ne s'étant pas redressée assez vite, Gabriella sentit son casque racler la boue qui recouvrit sa visière. Éric ne la ménageait plus, mais elle s'amusait beaucoup. Elle comprenait à quel point les deux coéquipiers devaient être en symbiose, et à quel point le rôle du singe était important. Ils continuèrent ainsi pendant quelques tours, Gabriella maîtrisant chaque fois un peu plus sa fonction. Peu avant de s'arrêter, Éric et elle avaient trouvé leur rythme. Leur duo fonctionnait parfaitement.

Quand ils rejoignirent Chandler, celui-ci applaudit Gabriella, manifestement ébloui.

— Vous devriez mieux entretenir votre matos, leur dit-elle. Le moteur a des ratés, il doit y avoir un souci dans l'injection. Ça vous pénalise dans les reprises. Et puis il faut que vous changiez l'arceau du plateau du singe. Il est en train de se casser au niveau de la fixation à droite. Il va se briser net et ce jour-là, Chandler fera un joli vol plané.

Les deux hommes en restèrent bouche bée. C'est Chandler qui finit par énoncer la conclusion qui s'imposait :

— Tu nous rejoins quand tu veux.

11

Il était bientôt minuit. La voiture longeait les gigantesques infrastructures de la zone industrielle de Dunkerque, sur une route déserte à cette heure tardive. De loin en loin, les impressionnantes constructions métalliques du port méthanier ou des fourneaux sidérurgiques d'*ArcelorMittal* éblouissaient la nuit. Ces énormes entreprises de l'Ouest de Dunkerque squattait le front de mer dont l'accès était interdit aux habitants du laborieux et populaire quartier de Saint-Pol-sur-Mer, dans un contraste saisissant avec la touristique et balnéaire Malo-les-Bains.

Berwan conduisait. Gabriella avait emprunté la voiture du Poulpe sans rien lui expliquer de l'usage qu'elle souhaitait en faire ni de la présence du Kurde à ses côtés. Elle lui avait juste annoncé qu'il pourrait retrouver ses clefs le lendemain matin à l'accueil de l'hôtel. Elle ne voulait pas inquiéter Gabriel qui avait pourtant insisté pour savoir ce qu'elle trafiquait mais avait finalement renoncé, de mauvaise grâce. Et puis ses affaires ne le regardaient pas, bon sang.

Gabriella portait une robe longue et un manteau, tous deux modestes, dénichés dans une friperie, espérant pouvoir donner l'illusion d'être une migrante. Son déguisement était complété par un foulard qui couvrirait son visage le moment venu. Elle avait laissé ses papiers et son téléphone à l'hôtel. Après une courte hésitation, elle avait tout de même pris son petit sac à dos dans lequel elle avait fourré les cigarillos, un briquet et la flasque de

Singani, ce qui ne collait pas bien avec son personnage de femme musulmane, mais elle espérait qu'elle n'aurait pas à aller jusqu'à attester de son identité.

— Mauvaise idée, répéta Berwan.

Cela faisait au moins dix fois que le Kurde ressassait la même rengaine.

— Qu'est-ce qu'il a, ton œil, préféra lui répondre Gabriella ?

— *Glaucoma.*

— Ah oui, glaucome. Tu ne vois plus avec ?

— *Difficult, just a little.* Moi soigner, in *England. I hope. Help me God, help me.*

Un peu plus tôt dans l'après-midi, Berwan avait appelé son contact anonyme pour signaler l'arrivée à la gare de Dunkerque d'une belle migrante. Habituellement, quand il était affecté à l'accueil des arrivants, comme c'était le cas ce jour-là, un chef du réseau lui communiquait les noms des nouveaux venus à prendre en charge et son attention devait se limiter à ceux-là seulement. Le Kurde devait ignorer les autres migrants qui débarquaient. Soit ces derniers étaient pris en charge par d'autres réseaux, soit il s'agissait d'indépendants qui étaient parvenus jusqu'ici par leurs propres moyens et n'avaient donc rémunéré aucun passeur. Gabriella avait imaginé l'arrivée solitaire à la gare de Dunkerque d'une migrante séduisante que Berwan, même si la femme ne faisait pas partie de ses cibles, aurait décidé de prendre en charge, connaissant l'appétence de ses maîtres pour la chair fraîche. Son contact avait mordu à l'hameçon et ordonné à Berwan de déposer sa trouvaille à minuit sur un parking de la ville de Grande-Synthe, à proximité de la zone industrielle portuaire de Dunkerque.

Ils arrivèrent sur le parking vide et sombre. Gabriella quitta la voiture mais Berwan hésitait à repartir.

— Ça, mauvaise idée, répéta encore Berwan. Eux violer *you*, eux tuer. Eux *bad guys*.

— Moi *bad girl* aussi. J'ai mes poignards, et je sais m'en servir, tu le sais bien.

— Eux avoir *guns*.

Il finit par faire demi-tour. Gabriella regarda la voiture qui s'éloigna et finit par disparaître. Elle était seule et il faisait totalement noir. Elle était livrée à elle-même et il faisait froid.

Elle n'eut pas longtemps à attendre. Quelques minutes après le départ du Kurde, deux points lumineux apparurent au loin. Elle ajusta son foulard jusqu'à ne plus laisser apparaître que ses yeux. Elle espérait que sa peau un peu foncée de Sud-Américaine suffirait à amadouer ceux qui s'apprêtaient à la prendre en charge. Mais si elle devait leur parler, cette perspective s'envolerait. De toute façon, elle voulait jouer sur l'effet de surprise, prendre le dessus dès le premier contact et contraindre la ou les personnes qui viendraient au point de rendez-vous à l'amener au grand chef, car elle supposait que seuls des sous-fifres viendraient de nuit sur ce parking. Aussi simple que ça.

La voiture s'arrêta face à Gabriella, l'éblouissant avec ses phares. Le conducteur coupa le contact et elle entendit sa portière s'ouvrir puis des pas sur le sol en bitume. En dépit de la main dont elle protégeait ses yeux, elle distinguait à peine la silhouette qui avançait vers elle. Un homme, de toute évidence. Seul. Facile à neutraliser, a priori. Mais la portière du passager s'ouvrit à son tour. Un deuxième homme sortit du véhicule, restant à distance. La situation devenait plus compliquée : Gabriella savait qu'elle pourrait facilement surprendre le premier mais elle n'aurait plus cet avantage avec le second, surtout s'il n'était pas à sa portée.

Le premier homme arriva à sa hauteur. Il était typé. Il pouvait être syrien comme Berwan, ou afghan comme Kamal, ou encore turc. L'homme lui parla dans une langue que Gabriella supposa être de l'arabe. Comme elle ne réagissait pas, il tendit une main vers elle et retira son foulard. Elle se fit violence pour ne pas lui casser le bras. Dès qu'il vit son visage, l'homme recula. « Je ne suis pas belle, se dit-elle, je ne te conviens pas, fils de pute ? » L'homme s'adressa à son collègue resté en retrait. Ce dernier fit un mouvement et, quand Gabriella regarda dans cette direction, toujours éblouie, elle vit que le mec tendait désormais un bras vers elle. Il tenait un pistolet. Les types avaient compris que quelque chose clochait.

Le premier homme indiqua la voiture à Gabriella. Elle s'en approcha docilement. Quand elle fut enfin protégée de l'éclat des phares, elle regarda le second. Il semblait être de la même origine que son camarade et, effectivement, il la tenait en joue à l'aide d'un pistolet. Le conducteur se tenait maintenant à l'arrière du véhicule dont il ouvrit le coffre avant de reculer. Gabriella regarda l'espace sombre, à peine éclairé par quelques diodes lumineuses. Le mec était juste derrière elle, à portée de main, mais son collègue armé restait hors d'atteinte. Gabriella monta dans le coffre.

12

Au début, Gabriella essaya d'identifier des bruits caractéristiques qui lui permettraient ultérieurement de reconstituer son trajet, puis elle renonça. Rien ne lui semblait significatif. Elle était mécontente de n'avoir pas pu maîtriser ses ravisseurs. Mais d'un autre côté, ils étaient probablement en train de la mener vers leur chef, et c'est lui qu'elle voulait.

Après quelques dizaines de minutes, la voiture ralentit. Gabriella reconnut le bruit de gravillons crissant sous les roues et, peu après, le véhicule pénétra dans un espace clos. Le conducteur coupa le moteur. Une porte automatique se referma. Les deux hommes échangèrent encore quelques mots et descendirent. Enfin, ce fut le bruit d'une porte qu'on ouvre et referme, préambule à un silence bientôt total. Ils l'avaient laissée seule, enfermée dans le coffre.

Pas question de rester à attendre. Gabriella saisit le poignard dissimulé sous sa manche. « Ils ne m'ont même pas fouillée. Des amateurs ». Sans difficulté, elle déverrouilla la serrure du coffre et en sortit. Elle se trouvait dans un garage. Un petit rectangle aux murs en béton brut, avec quelques étagères encombrées, une ampoule nue tombant du plafond qui crachait une lumière crue et que ses ravisseurs avaient eu la bonne idée d'oublier d'éteindre avant de quitter le lieu. L'espace ne comportait que deux accès : derrière la voiture, le portail métallique par laquelle ils étaient entrés, et devant, la porte par laquelle les deux hommes étaient sortis. Gabriella colla son oreille contre cette dernière issue. Aucun bruit. Elle entrouvrit prudemment la porte. La pièce où elle se trouvait était située à l'extrémité d'un couloir plongé dans la pénombre qui distribuait deux autres portes fermées. Quelques mètres plus loin, il faisait un coude d'où provenait de la lumière et le son d'une télévision en langue étrangère. De l'arabe, peut-être. Gabriella supposa qu'elle se trouvait dans une maison. Les mecs, s'ils étaient toujours là, ne s'attendaient pas à la voir débouler, cela semblait être le bon moment pour les surprendre.

Mais le bruit d'un moteur se fit entendre. Un véhicule venait de s'arrêter au-dehors. Gabriella entendit les voix de ses ravisseurs, puis le bruit d'une porte qu'on ouvre, puis une voix nouvelle, toujours dans une langue étrangère. « Merde, un troisième ». Elle referma la porte d'accès au garage. Ils allaient probablement venir la chercher. Cette fois, pas question de capituler. Elle ne devait pas être loin du but, elle allait se battre ! Gabriella récupéra le deuxième poignard et s'installa derrière la porte.

Quand le premier homme pénétra dans le garage, sans crainte, Gabriella ne lui laissa aucune chance. Elle lui planta un couteau directement dans la carotide. Un geyser de sang jaillit, éclaboussant le sol. C'était le passager de la voiture, qui l'avait visée peu de temps auparavant sur le parking. « Gabriella 1 – Fils de pute 0 ! ». Le mec s'effondra, l'empêchant de récupérer son arme. En tombant, il agrippa une étagère qui céda et répandit sur le sol des outils, vis et clous, ainsi que divers produits d'entretien. Dans ce fracas, Gabriella ne réussit pas à contrer le deuxième homme, « Celui qui m'a enlevé le foulard », qui lui sauta dessus. Elle ne faisait pas le poids, tout du moins en masse volumique, et ils heurtèrent brutalement le sol. Écrasée par le type, Gabriella eut le souffle coupé, et le fouillis provenant de l'étagère lui écorchait le dos. En chutant, elle avait lâché son deuxième couteau. « Merde, merde ». L'homme se redressa et la visa au visage. Gabriella réussit à détourner le poing qui s'abattait et l'homme se blessa en frappant les clous éparpillés sur le sol. Il cria. Pendant ce temps, elle avait réussi à attraper une grosse clef à molette et à son tour, le frappa au visage. Étourdi, le mec bascula contre le mur, libérant Gabriella qui en profita pour se mettre à genoux. Sans attendre, elle voulait le frapper à nouveau pour valider le « Gabriella 2 – Fils de pute 0 ! ». Mais une main plaqua un tissu sur son visage. Gabriella n'eut pas le réflexe de retenir sa respiration. Son agresseur avait bloqué la tête de la jeune femme contre ses jambes et tenait bon. À genoux, la tête en arrière, elle était en difficulté pour se défendre. Les coups de clef à molette qu'elle essaya d'asséner derrière elle rencontrèrent le vide. Le chloroforme fit rapidement son effet et Gabriella sentit ses forces l'abandonner. Quand la main se retira, elle retomba au sol, étourdie. Son corps ne répondait plus. Une chape de sommeil la recouvrit rapidement. Elle observa son vainqueur, car c'était un homme. La cinquantaine élégante, costard de luxe, chapeau, genre brute qui a réussi. Malgré le carnage, le mec avait le sourire.

— Tu es une coriace.

Gabriella se dit qu'elle avait trouvé le boss. Mais bon : « Big boss 1 – Gabriella 0 ».

13

— On est heureux (eh ho !), on est heureux (eh ho !), avec les Dunkerquois au carnaval on est les rois.

« On est heureux (eh ho !), on est heureux (eh ho !), avec les Dunkerquois, on s'ra toujours les rois !

Il était trois heures du matin et les médiocres qualités de chanteur de Gabriel agaçaient douloureusement le silence des rues résidentielles et désertes du centre-ville de Dunkerque. Il cherchait son hôtel. Il était certain de se trouver à proximité de l'objectif mais il s'était déjà dit ça dans la rue précédente, et aussi dans celle d'avant. Saloperie de ville où tous les immeubles se ressemblaient. Il s'était bien amusé, ce soir. Il avait dû chanter à peu près tout le récital du Carnaval, adoubé par les drilles joyeux et peinturlurés qui inondaient les rues et les bars et lui avaient transmis cet inestimable patrimoine culturel. Ben oui, il était bourré, mais ça gênait qui, hein ? D'ailleurs, il le demanda à haute voix au désert qu'il l'entourait :

— Ça vous gêne ?

— Ferme ta gueule, lui répondit un gêné lointain.

Il avait envie de pisser. Il repéra un arbre qui lui semblait avenant et posa son gobelet de bière à moitié vide sur le rebord d'une fenêtre. Mais son geste mal assuré fit vaciller le récipient qui se renversa sur le trottoir en éclaboussant les chaussures du Poulpe aussi efficacement que son jet mal assuré.

— Meeeeerde.

— Mais tu vas la fermer ta gueule ! Tu veux que je descende te la claquer ? Va dormir, connard.

— Ben, c'est ce que j'essaye de faire.

Pendant ce moment de satisfaction urinaire propice à de profondes méditations, Gabriel pensa à Cheryl. « Pourquoi tu es partie ? Tu me manques ». Il eut envie de pleurer mais Gabriella vint à son tour occuper son esprit et cela lui remit du baume au cœur. Il l'aimait bien, Gabriella, c'était un peu comme sa fille même si c'était celle de Pedro. La fille « adoptive » de Pedro, en réalité. Cela donnait à Gabriel une forme de responsabilité vis-à-vis de son ami. Dommage que Gabriella ne lui fasse pas plus confiance. Il avait de l'expérience, tout de même, il pouvait la conseiller, l'aider. Mais elle le tenait à distance, elle voulait gérer ses affaires toute seule, à sa façon. Au fond, est-ce que lui, le Poulpe, n'avait pas toujours agi ainsi lui aussi, notamment quand il laissait Cheryl en plan et partait suivre une piste à l'autre bout de la France ? Mais bon sang, qu'est-ce que Gabriella avait bien pu aller foutre cet après-midi avec sa voiture ? Se balader avec son nouveau mec ? Elle aurait pu lui fournir une explication, tout de même.

L'hôtel se trouvait quelques dizaines de mètres plus loin. Un endroit « *charmant et authentique* », disait *Internet*. C'est-à-dire un machin vétuste, ringard et inconfortable, traduisait *Poulpe.jetemmerde*. Péniblement, Gabriel réussit à extirper de la poche de son blouson la clef qui ouvrait la porte de l'hôtel puis de sa chambre. Derrière l'accueil, sur le vieux tableau mural, accrochée au clou sous le numéro de la chambre de Gabriella, il vit la clef de sa voiture ainsi que le sésame de la chambre de Gabriella. « Pourquoi est-ce qu'elle n'a pas pris sa clef ? Comment elle va faire pour rentrer ? » Cela l'intrigua. Il prit les deux clefs et monta.

Le sac de voyage de Gabriella gisait vide près du lit et

ses affaires étaient disséminées partout dans la pièce. Rien d'anormal. Sur le lit se trouvaient son blouson et son jean. « Elle s'était changée avant de sortir ? Pour aller baiser avec "Chandeleur" ? Pourquoi pas Épiphanie ou Pentecôte tant qu'on y était ? » Le beau gosse plaisait à Gabriella, il l'avait bien vu, et Gabriel devait reconnaître qu'il était un peu jaloux. Il s'assit sur le lit quand un téléphone portable sonna sous les vêtements. Il décrocha. C'était Mario, le frère de Gabriella. Il ne le connaissait pas, ne lui avait jamais parlé, mais elle lui avait vanté à plusieurs reprises ses compétences de pirate du web.

— *Gabriella, por fin ! Llevo horas intentando contactar contigo.*

— Mario, c'est Gabriel, l'ami de Gabriella.

— *Quién es ? Pásame Gabriella.*

— Je ne comprends pas, Mario.

— *No comprendo. Quien habla ?*

Gabriel soupira. Ça n'allait pas être facile de communiquer avec le Sud-Américain si celui-ci ne faisait pas plus d'efforts pour jacter le français. Il chercha dans sa mémoire alcoolisée quelques bribes d'espagnol mais ne trouva rien qui puisse faciliter le dialogue. La communication fut coupée et, dans la foulée, le téléphone vibra. Un SMS de Mario s'afficha sur l'écran, en Français. « Qui es-tu ? » Gabriel connaissait mal les smartphones. Il savait qu'on pouvait s'en servir pour envoyer des messages dans une langue qu'on ne parle pas, trouver son chemin sans avoir de carte routière, exhiber sa vie sans aucune pudeur auprès de l'humanité entière... Il répondit, appuyant maladroitement sur les lettres minuscules de l'écran.

« je sui gavriel l ami de gabriela »

« Pourquoi tu as le téléphone de Gabriella ? »

« je l ai trouve dans sa cambre »

« Elle a disparu ? »

Gabriel réfléchît à la question. Elle lui sembla pertinente. Cela le dégrisa brutalement et le préoccupa. Au-delà de l'inquiétude, peut-être exagérée, qu'il ressentait parfois pour Gabriella, ce qui se passait en ce moment était bel et bien anormal.

« je sai pas peut etre »

« Ça fait plusieurs heures que j'essaye de la joindre. »

« tu sais ou ellest »

« Non, je voulais lui communiquer le résultat de mes recherches. Elle m'a demandé de trouver des infos à propos du propriétaire d'un numéro. »

« numero de qui »

« Un mec qui communique avec le mec avec qui elle est ce soir ».

— Qu'est-ce que c'est que ce bordel ? soupira Gabriel.

Il ne comprenait rien. Mario pistait un ami du Chandler de mes couilles ?

« expliqe moi », demanda-t-il.

Mario lui raconta tout ce qu'il savait. Comment Gabriella avait rencontré Berwan, que celui-ci avait donné rendez-vous à un mec sur un parking, mais il ne savait pas où. Le type anonyme était en fait un trafiquant d'êtres humains. Gabriella voulait se faire passer pour une migrante afin que le mec tente de la violer…

— Quoi ? s'exclama Gabriel en lisant le message, et c'est ce qu'il écrivit dans le SMS qu'il envoya aussitôt à Mario.

« Elle va se défendre, répondit le frangin. »

— Et tu l'as laissée faire ? gueula Gabriel.

Un coup sourd frappé dans la cloison résonna dans chambre.

— Mais tu vas la fermer ta putain de gueule, connard ! cria un homme depuis la chambre voisine.

Cette voix rappelait vaguement quelque chose à Gabriel mais il l'ignora.

Dans quoi Gabriella s'était-elle fourrée ? Il posa le téléphone sur le lit et réfléchit. Il se remémora la discussion avec Chandler au *Rock Café*. Ils avaient parlé d'un réseau de passeurs qui faisait traverser des migrants voulant se rendre en Angleterre. Gabriella se faisait passer pour une journaliste et avait fait gober à l'autre gogo que c'était pour écrire un article sur son blog. Le Poulpe n'avait pas été très attentif à leurs échanges, concentré qu'il était alors sur la plantureuse carte des bières pression. Il dépassa son mépris pour le smartphone et, malgré son faible entraînement, trouva facilement la liste des appels reçus et passés par Gabriella durant les dernières heures. Le dernier appel datait de 23 h 12 et était adressé à Berwan. Il reprit la communication avec Mario.

« tu peu localiser lenuméro du type quu s apelle berwan ?

« Oui. Je sais où il est. »

Crétin, t'aurais pas pu me le dire tout de suite !

14

Gabriella avait la tête qui tournait ainsi qu'une légère nausée. Ses yeux étaient encore fermés et elle n'arrivait pas encore à les ouvrir. Elle se réveillait progressivement et devait résister à l'envie de replonger dans l'oubli confortable du sommeil. Ses idées se remettaient progressivement en place et elle n'avait pas besoin de l'ensemble de ses neurones pour conclure qu'elle n'était pas en position favorable.

— Bien dormi ?

C'était la voix du mec au chloroforme. Cela eut pour effet de la réveiller pour de bon. Elle ouvrit les yeux.

Elle était assise sur une chaise, mains dans le dos attachées au dossier mais ses jambes restaient libres. Elle se trouvait dans une petite chambre minable. Papier peint à fleurs défraichi sur le mur, parquet au sol, un lit en armature métallique avec un matelas sans parure, un plafonnier rétro sur une ampoule à l'éclat trop vif. Une porte ouverte et une fenêtre dont les volets étaient fermés. Pas de déco, pas de vie. Un look des années 50. Presque aussi ringard que *Chez Annette,* son hôtel.

Costard de luxe lui souriait. Il avait tombé la veste et remonté les manches de sa chemise immaculée. Plutôt baraqué le mec, et pas beaucoup de graisse, probablement un adepte de muscu. Il portait une cravate que Gabriella lui aurait bien serrée autour du cou jusqu'à lui broyer la trachée mais bon, pour le moment, elle n'avait pas les moyens de ses ambitions. Le mec n'avait même pas eu la courtoisie de lui amener un café pour son réveil. Pas question de répondre à un malotru. Ah, et puis elle avait une question.

— C'est toi le violeur ?

Costard de luxe blêmit. Il pensait avoir la maîtrise de la situation et ne s'attendait pas à cette entrée en matière.

— Tu n'es pas une migrante, alors qui es-tu ?

— Va te faire mettre !

Il lui adressa un coup de poing au visage. Ouch, ça faisait mal. Le goût du sang dans sa bouche. Pour le café, c'était mort, le mec n'était pas d'humeur.

— Je répète : qui es-tu, salope ?

15

« Tu es tout près ».

Gabriel avait posé le smartphone de Gabriella sur le tableau de bord de la voiture de location et conduisait en consultant les SMS que lui adressait Mario pour le guider. C'était pénible mais bon, faute d'avoir fait espagnol première langue au lycée, il n'avait guère le choix.

Il déboucha sur un parking, qui concluait la route en cul-de-sac. Devant, il n'y avait plus que la dune.

— Putain mais y'a rien, ici !

« Le téléphone de Berwan se trouve à une centaine de mètres. Direction nord-est », écrivit Mario.

— Nord-Est mon cul. Comment je fais pour me repérer, dans la nuit et sans boussole ?

Son désintérêt pour les outils de son temps faisait ignorer à Gabriel qu'il y en avait une dans le téléphone… Il gara la voiture, qu'il avait retrouvée sagement stationnée devant l'hôtel, et en sortit, une lampe de poche à la main qu'il avait trouvée dans la boîte à gants. Une lampe à l'ancienne, marchant avec des vraies piles, pas celle du téléphone de Gabriella, dont il ignorait aussi l'existence.

Un petit sentier souligné par des empreintes de pas grimpait à l'assaut de la dune. Il l'emprunta. Très vite, il butta contre un mur en pierre qu'il longea.

« je brule ou pa », demanda-t-il à Mario ?

« Tu brûles ? Je ne comprends pas ».

Gabriel soupira.

« je suis a cote ? »

« Tu es tout près. Plus à l'Est. »

— Je n'ai pas de boussoooole ! Il est con ou quoi ?

« sur ma drote il ya un mur »

« C'est là, de l'autre côté du mur. »

— Je suis pas Spiderman et j'ai plus vingt ans.

Rapidement, le mur s'arrêta pour déboucher sur ce qui ressemblait à des ruines d'anciennes constructions. Gabriel sortit de sa poche le pistolet qu'il avait emporté avec lui. On n'est jamais trop prudent quand on part en vacances au bord de la mer. Il marcha encore durant quelques minutes en suivant les traces de pas dans le sable, et déboucha dans une grande cour rectangulaire, bordée de murs en briques. Malgré l'heure très matinale, un feu brûlait au milieu et un homme s'y réchauffait. Gabriel s'approcha de lui :

— Je cherche Berwan.

Le mec sursauta et le dévisagea. Le Poulpe n'avait pas de temps à perdre : il appuya le canon de son pistolet contre le front du type.

— Ber-wan ? Tu piges ?

La bruyante question avait déchiré le silence de la nuit. De l'agitation se fit entendre un peu partout autour d'eux. Gabriel s'aperçut alors que les murs qui l'entouraient étaient creusés d'alcôves dans lesquelles étaient installées des tentes. Déjà, quelques migrants mettaient le nez hors de leurs abris. Le Poulpe se concentra à nouveau sur son interlocuteur qui, tétanisé, ne le quittait pas des yeux. L'homme avait levé un bras et, d'un doigt tremblant, désignait une tente située un peu plus loin. D'ailleurs, un type en sortait. Il avait un regard étrange, son œil droit était presque blanc, et tenait une batte de base-ball à la main. Gabriel se précipita sur lui et, restant à bonne distance d'un éventuel coup, il le mit en joue :

— Où est Gabriella ?

16

Le parquet sentait bon la cire d'abeille. Pourtant, il était terne et n'avait pas été lustré depuis longtemps. Sous le lit, Gabriella vit pas mal de poussière et crottes de souris. Il faudrait que Costard de luxe change de femme de ménage. Ça la fit rire. Un rire nerveux et douloureux. Un rire pour supporter et dépasser les coups qu'elle venait de recevoir, et se préparer à encaisser ce qui allait encore venir. Ce n'était pas hélas la première fois, la prison de La Paz lui avait déjà permis de goûter à la sauvagerie humaine, masculine qui plus est. Elle n'était pas habituée mais, disons, elle savait qu'elle pourrait supporter. Tiens, son sac à dos était là aussi, attendant sagement dans un coin de la chambre.

Quand le tabassage avait commencé, Gabriella avait fait comme on lui avait appris en prison, en Bolivie, pour encaisser les coups au visage. Elle avait serré les dents le plus fort possible afin que Costard de luxe ne lui déboîte pas la mâchoire et pour limiter la casse au niveau de ses ratiches. Et puis elle avait essayé d'anticiper les coups afin de les accompagner et ainsi d'en limiter l'impact. Après cinq ou six chocs à droite et à gauche, ses bonnes résolutions avaient volé en éclat, et elle s'était effondrée sur le sol, entraînant la chaise à laquelle elle était liée. Dans sa bouche, une dent bougeait mais elle n'était pas tombée. Elle avait le visage en feu, mais de ce qu'elle pouvait en juger, le fils de pute ne lui avait rien cassé. Pour le moment.

— J'avoue que tu m'impressionnes, lui dit Costard de

luxe. D'habitude, les femmes pleurent dès la première gifle. Parfois, elles se débattent un peu, mais quand elles ont le nez cassé ou quelques dents en moins, elles comprennent que ce n'est pas la peine de résister. Alors, elles se laissent faire. Et je dois avouer que j'aime ça, la crainte dans leurs yeux, leurs tremblements de peur pendant que je leur donne du plaisir.

L'homme adressa un ordre dans sa langue en direction de la porte ouverte. Deux types débarquèrent. Il y avait un nouveau et, tiens, le mec à qui Gabriella avait flanqué un coup de clef à molette en pleine gueule. Manifestement, il n'avait pas aimé. Il avait une large compresse sur le côté droit du crâne, retenue par un bandage qui faisait le tour de son visage. S'il y avait eu un petit nœud pour couronner le tout, la tête du gars aurait eu un air d'œuf de Pâques. Le premier sbire se précipita et remit sur leurs pieds la chaise et Gabriella. Il resserra les liens. L'autre, qui avait gouté de près aux talents de bricoleuse de la jeune femme, restait à distance, un couteau à la main. Il avait retenu la leçon du garage. D'un geste, Costard de luxe congédia ses larbins.

— Tu sais te battre, tu es dangereuse. Tu as tué un de mes hommes et l'autre a probablement une fracture. Qui t'envoie ? Tu es de la Police, du *PKK* ?

— Le caca quoi ? Qu'est-ce que tu racontes, fils de pute ?

Un nouveau coup l'atteint au visage.

17

Grande-Synthe vote à gauche. C'est une ville populaire, avec des grands quartiers de logements sociaux, une importante politique sociale, et depuis quelques années, un afflux récurrent de migrants que la municipalité, humaniste et solidaire, essaye tant bien que mal d'accompagner. Jamais le Maire n'aurait autorisé le déploiement massif de caméras sur le territoire de sa commune. Tout cela aurait été contraire à sa conception de la liberté. Malheureusement pour ses idéaux, la proximité de plusieurs sites sensibles, et notamment de la centrale nucléaire de Gravelines située quelques kilomètres plus au sud, avait dispensé les autorités de lui demander son avis avant d'installer tout un réseau de surveillance vidéo qui couvrait une large partie du département.

Mario ne pouvait que s'en réjouir. Berwan avait indiqué à Gabriel avoir déposé Gabriella sur un parking de Grande-Synthe qu'il avait précisément localisé. Avec l'appui de son réseau de hackers promptement mobilisé, le frangin avait sans trop de difficultés ouvert les portes immatérielles sensées protéger les serveurs informatiques du Ministère de l'Intérieur de tout piratage, puis repéré et visionné les images captées à partir de minuit aux alentours du parc de stationnement. À l'exception de la voiture de location de Gabriel, un seul véhicule s'était, cette nuit-là, aventuré à cet endroit. Une bagnole banale, une vieille Renault Mégane avec une plaque minéralogique bien visible qu'il n'avait pas été difficile de pister ensuite sur l'autoroute A25 jusqu'à sa sortie, direction Hazebrouck.

Malheureusement, les caméras du gouvernement arrêtaient à cet endroit leur inquisition...

« Tu arrives à Saint-Sylvestre-Cappel », écrivit Mario.

— Merci, je sais encore lire les panneaux, lui répondit Gabriel, énervé.

Berwan, assis sur le siège passager, demanda :

— Je dois écrire *that* ?

« T'es pas très futé, toi », se dit Gabriel. Après leur rencontre dans la dune Dewulf, Berwan, peu vexé par les expéditives manières du Poulpe, avait proposé de l'accompagner dans sa quête de Gabriella. Pas complètement certain de la fiabilité du mec, Gabriel avait néanmoins acquiescé. Un renfort pouvait servir, surtout armé d'une massue. Mais depuis que le Kurde était monté dans la voiture, il se morigénait pour avoir abandonné Gabriella à son sort, et se frappait la poitrine en implorant Dieu. Un peu secoué, le bonhomme...

Le Poulpe ralentit, non pour se mettre en conformité avec la limite de vitesse urbaine, mais pour observer les alentours. Il cherchait une Mégane verte.

— Tu regardes à droite et moi à gauche, d'accord ?

— OK, répondit Berwan qui, concentré, fouillait avidement du regard son côté de la chaussée.

Saint-Sylvestre-Cappel était un village d'à peine un millier d'habitants. A 7 h ce samedi matin, pas un chat ne déambulait dans les rues. À première vue, il n'y avait rien de caractéristique dans cette ville, n'était l'énorme bâtiment industriel installé non loin du centre-ville sur lequel pavoisait un prétentieux « Brasserie des Flandres ». « Rien que ça », se dit Gabriel. Deux minutes après avoir pénétré dans le village, ils en sortaient. Agacé et déçu, le Poulpe appuya sur l'accélérateur. La voiture bondit, s'engouffrant entre deux champs de houblons qui alternaient depuis quelques kilomètres avec les hectares de betteraves et les terres au repos avant la pousse céréalière du printemps. Gabriel aimait les hautes tiges des houblonnières qui pouvaient atteindre trois ou quatre mètres de haut et faisaient comme des forêts dédiées à son breuvage favori : la bière ! Mais en l'occurrence, il n'avait pas le temps de s'attarder ni de s'émouvoir. La voiture verte était sa priorité, mais elle pouvait être partout et nulle part : déjà à Hazebrouck, quelques kilomètres plus loin, enfermée dans un garage, en partance pour Pluton... Autant chercher une aiguille dans une meule de foin.

Il sursauta quand Berwan se mit à crier.

— *Here, here ! God, you heard my prayer !*

Gabriel écrasa le frein. Berwan s'était retourné sur son siège et désignait le bord de la route, quelques mètres derrière eux.

— *I saw* voiture. *Here*, voiture.

— La voiture verte.

— *No, black car.*

— Mais ducon, on cherche une bagnole verte ! Verte !

— *No no, i saw* voiture, *this night. After parking*, moi rentrer, voiture *parked on the side of the road.*

Gabriel se retourna à son tour. Berwan désignait le début d'un chemin qui s'enfonçait dans la muraille verte.

— Tu viens d'apercevoir une voiture qui était garée pas loin du parking où tu as déposé Gabriella, c'est ça ?

L'autre acquiesça. Il avait un large sourire.

— Pourquoi tu n'as pas parlé de cette bagnole noire, crétin ?

— *I didn't know important*. Voiture garée, *that's all*. Moi *good* mémoire.

Et en plus, tu veux une image pour te féliciter, peut-être ?

Le Poulpe enclencha la marche arrière et revint à l'entrée du village. Au passage, il jeta un coup d'œil dans l'allée désignée par Berwan. Il vit un bâtiment, niché au milieu des houblons. Devant était stationnée une berline sombre. Gabriel se gara le long du premier trottoir qu'il rencontra et quitta la voiture, suivi par Berwan armé de sa batte de base-ball. Ils s'enfoncèrent dans la houblonnière et, en quelques minutes, atteignirent la construction que le Poulpe avait rapidement aperçue. C'était un restaurant. Gabriel avait déjà mangé dans ces lieux typiques des Flandres, des bars-restaurants nichés au milieu des houblons, où l'on pouvait déguster la bibine locale en mangeant des plats du Nord ou des assiettes de fromages ou de charcuteries. Sur l'entrée, un panneau affirmait fièrement « Estaminet de la Brasserie des Flandres. » Sur le côté, une grosse Mercedes stationnait.

— Envoie le nom du restaurant et le numéro de la plaque d'immatriculation à Mario, chuchota Gabriel. Je veux savoir ce qu'il trouve sur les propriétaires. Ah, et mets le téléphone en mode « Vibreur ».

Restant à couvert, Gabriel observa plus attentivement le restaurant. La grande salle qui se déployait sur une terrasse fermée était entièrement plongée dans le noir. Au-dessus, au premier étage, deux fenêtres n'affichaient pas plus d'activité. Il n'y avait pas le moindre signe de vie de ce côté. Il entreprit donc d'effectuer le tour du bâtiment, toujours à l'abri des hautes tiges. Pas question de s'approcher de toute façon car devant le restaurant, le sol était recouvert de gravillons qui devaient faire un bruit d'enfer si on les piétinait en pleine quiétude matinale. Derrière, un grand parking était destiné aux clients. Il n'accueillait pour le moment qu'un seul véhicule. La façade arrière de l'auberge présentait un aspect plus austère : une porte, deux fenêtres en bas, leurs homologues à l'étage, et un garage fermé par un portail métallique. Une des fenêtres du rez-de-chaussée était illuminée.

Le téléphone de Gabriella vibra. Le Kurde montra le message de Mario à Gabriel.

« Le restaurant appartient à une entreprise d'import-export dirigée par un certain Zoran Bayik. C'est aussi le propriétaire de la Mercedes. C'est un industriel turc. Multimillionnaire. Habite à Dunkerque depuis vingt ans. Proche du Ministre du Commerce turc. Décoré de l'Ordre de l'État turc, la plus haute distinction du pays, remise par le Président Erdogan lui-même. »

— Tu *find* Gabriella, demande Berwan ?

— Pas sûr, répondit le Poulpe, mais j'espère. Zoran Bayik, tu connais ?

Le regard du kurde se voila. Il acquiesça et cracha sur le sol.

— Lui très connu. Kurde *like me*. *But* lui traître. Lui travailler *with* Erdogan. Lui *here* ?

— C'est son restaurant et sa bagnole. Il doit être à l'intérieur.

— Moi tuer lui.

« Bon, au moins, je ne serai pas tout seul », se dit Gabriel.

— On y va ?

18

Zoran Bayik regarda sa montre. 7 h 30. Caroline allait bientôt se lever. Elle s'habillerait, toujours classe, se maquillerait, et ne sortirait de sa chambre qu'une fois qu'elle serait parfaitement présentable. Le passé de mannequin de sa femme avait du bon, jamais elle ne se laissait aller. En toute circonstance, elle arborait une attitude parfaite. Elle était une satisfaction, lui donnait une image respectable. Il l'avait aimée, mais cela faisait longtemps qu'il ne la baisait plus. Désormais, ils faisaient chambre à part, et elle laissait son mari faire ce qu'il voulait. Zoran ne se gênait pas. Mais pas question que Caroline en fasse à sa guise : s'il apprenait la moindre infidélité, elle aurait des problèmes, et des graves. Mais elle connaissait la limite, du moins le pensait-il.

Quand elle aurait fini de se préparer, sa femme réveillerait Myriem. Rien que de penser à sa fille, son bijou, son trésor, Zoran fut submergé par l'émotion. Il l'aimait comme un fou. À six ans, elle égayait toute la maison avec son énergie et sa joie communicatives. Pas comme ce grand con de Mehmet, dont le comportement d'ado je-m'en-foutiste avait le don d'exaspérer son père. Avec Caroline, le contrat avait été clair : un enfant, pas plus. Mehmet était arrivé et s'était vite révélé être une terrible déception. C'était un enfant mou, peu viril, plus intéressé par les livres que par l'argent ou les combats. Un échec. Sa mère l'avait élevé comme une tarlouze et Zoran, trop occupé à gérer ses affaires, n'avait pas pu rattraper le désastre.

Myriem était un accident. Un divin accident, inch'Allah. Pas question de reproduire les mêmes erreurs avec elle. Le cours de poney était à 9 h et Zoran ne l'avait jamais raté. Chaque samedi, il accompagnait sa fille puis ils allaient se promener. Parfois, ils déjeunaient tous les deux. Pendant ces moments, il était heureux.

Mais pour le moment, devant lui, avachie sur cette chaise, il y avait cette pute, contre laquelle il s'acharnait depuis de longues minutes mais qui restait désespérément muette, malgré les coups. Il avait d'ailleurs arrêté, cela ne servait à rien, juste à lui esquinter les mains. Étonnant. Mais avec sa gueule rougie et enflée, le coquard naissant autour de son œil droit, elle était délicieusement désirable. La robe longue et le pull informe qu'elle portait cachaient difficilement un corps qu'il imaginait sportif et musclé, très excitant. Cette fille était une bombe, bien plus sexy que toutes les putes migrantes qu'il violait depuis des années. Seul bémol : son absence de poitrine. À peine deux petits globes affleurants sous le tricot. Zoran sentait son sexe dur, entravé, appuyer douloureusement contre son pantalon. Elle aimerait ça, elle en redemanderait. Il voulait la baiser mais il savait que s'il faisait ça maintenant, il en serait fini de son moment de bonheur avec sa fille. Il ferma les yeux pour essayer de contenir le désir qui le dévorait. Quand son calme fut revenu, il partit.

19

Appuyé contre le mur, chacun d'un côté de la fenêtre éclairée, Gabriel et Berwan entendirent rugir le moteur de la Mercedes, de l'autre côté du bâtiment. Le véhicule démarra rapidement. Pas le temps de retourner au village pour récupérer la voiture et le suivre. Merde.

Le Poulpe se reconcentra sur la fenêtre éclairée. Berwan tenait son gourdin de manière un peu ridicule, à hauteur de son visage mais, bon, il était un peu miro. Discrètement, Gabriel jeta un coup d'œil à travers le carreau. À l'intérieur, au premier plan, se trouvait une petite cuisine, vide, qui ouvrait sur une seconde pièce, au fond. Un salon, probablement. Il aperçut une télévision qui diffusait un jeu débile. Un homme assis dans un canapé regardait le poste, leur tournant le dos.

Gabriel estima la hauteur de la fenêtre par rapport au sol. Un mètre vingt environ. S'il cassait le carreau, pourrait-il enjamber l'appui, pénétrer dans la cuisine, neutraliser le mec, et le tout rapidement, sans se faire buter ? Pas sûr.

Pendant qu'il réfléchissait, un deuxième homme entra dans le salon et s'assit à son tour sur le canapé. Il avait un bandage autour de la tête. Les choses se compliquaient. Mais si Gabriella était à l'intérieur de la baraque, il devait tenter d'y entrer, coûte que coûte. Il se pencha vers Berwan.

— Quand je te le dis, tu casses le carreau avec ta batte de base-ball. T'as compris ?

Berwan acquiesça et souleva l'objet au-dessus de sa tête, prêt à agir. Gabriel lui mima un autre mouvement, horizontal, en désignant l'endroit à frapper.

— Ici, tu piges ?

Putain, il n'était pas aidé.

20

Non, Gabriella ne rêvait pas : à force d'être remuée dans tous les sens, la modeste chaise en bois à laquelle son destin était lié montrait des signes de faiblesse. Les éléments qui composaient le dossier, deux traverses horizontales emboîtées dans les montants verticaux, branlaient sérieusement. Les mains de la jeune femme étaient attachées à la traverse du bas. Si elle se balançait encore un peu, elle était certaine que le dossier allait se disloquer. Gabriella était bien tentée d'essayer mais il y avait deux problèmes.

Le premier, c'était que depuis le départ de Costard de luxe, le geôlier qu'elle avait esquinté ne lui lâchait pas la grappe. Il avait déjà quitté à deux reprises la télévision qui braillait quelque part dans la maison pour venir lui faire un petit coucou. Enfin, c'était un bien grand mot : outre le fait que le type ne décochait pas une syllabe, même pas un grognement, il avait la mine renfrognée des mauvais jours, celle du mec qui s'est pris un outil dans la gueule et qui n'a pas envie que ça recommence. Et puis, il ne quittait pas son couteau. Pas vraiment feng shui donc, comme ambiance.

Le deuxième problème, c'était que la petite séance de boxe prodiguée par Costard de luxe avait bien secoué Gabriella. Elle peinait à ouvrir son œil droit qui devait être maquillé façon gothique, elle avait mal à peu près partout sur le visage, ses oreilles bourdonnaient et sa tête tournait. À part ça, elle se sentait dans la forme idéale pour affronter les deux types, si toutefois elle arrivait à se libérer.

Bon mais ça valait le coup d'essayer. Et puis, qu'est-ce qu'elle avait d'autre, comme option ?

L'œuf de Pâques passa une troisième fois. Gabriella resta affaissée sur la chaise, la tête penchée vers le sol, les yeux fermés. Si en réalité elle était vraiment sonnée, elle voulait aussi que le type ait le moins de doute possible concernant l'état comateux qu'elle simulait.

Quand le type eut disparu, happé par le débit sonore de la télévision, Gabriella entreprit de se balancer de droite à gauche et réciproquement en saisissant la traverse à laquelle ses mains étaient attachées. Ses efforts furent très vite récompensés : au bout de quelques secondes, le bout de bois se déboîta. Gabriella réussit à désolidariser les liens de la traverse, même si ses mains restaient toujours attachées dans son dos. Elle se leva et aussitôt sa tête se mit à tourner. Gabriella n'eut pas d'autre choix que de se laisser tomber sur le lit qui se trouvait en face d'elle. Le bruit du sommier à ressorts sous le matelas lui parut assourdissant. Elle était certaine que cela ne pouvait qu'avoir attiré l'attention de ses geôliers. Raison de plus pour ne pas perdre de temps ! Nauséeuse, Gabriella se coucha sur le côté et, remontant ses jambes contre son torse, elle entreprit de faire passer ses mains liées sous ses fesses afin de les ramener sur le devant de son corps. Quand cela fut fait, elle haletait. Décidément, ce n'était pas la forme olympique. Aucun des hommes n'avait surgi, mais si l'un d'eux arrivait, elle savait désormais qu'elle n'aurait pas la force de l'affronter à mains nues. Il lui restait une petite chance, il fallait qu'elle saisisse son sac à dos.

Gabriella s'assit sur le bord du lit. Elle repéra son sac qui se trouvait contre le mur, devant le lit, à deux mètres d'elle environ. La chambre tanguait. Elle avait envie de vomir. « Tu vas y arriver ! Tu en as vu d'autres non ? Bats-toi ! ». Agrippant le montant métallique, elle se redressa. Sans lâcher le cadre du lit, elle fit un pas vers le sac à dos. Encore un mètre. Un pas de plus et elle se retrouva face au mur qu'elle heurta brutalement. Tout son corps tremblait. État de choc. Le sac se trouvait à ses pieds, il suffisait qu'elle se penche... Elle commença à s'accroupir, doucement, mais perdit l'équilibre et tomba lourdement sur le parquet.

21

Zoran fonçait vers Dunkerque. Il était inquiet. Il savait qu'il serait à l'heure pour récupérer Myriem, ce n'était pas ça qui le dérangeait. Ce qui le préoccupait, c'était la fille dans le restaurant. Qui était-elle et que lui voulait-elle ? Maintenant qu'elle n'était plus devant lui, désirable, il pouvait réfléchir sereinement. Elle n'était pas turque ni moyen-orientale mais elle ne ressemblait pas non plus à une occidentale. Une Israélienne ? Possible, le Mossad ne devait pas le tenir dans son cœur, il était riche et était proche du pouvoir turc, mais il n'avait jamais rien fait contre les Juifs. La Police française ? Est-ce qu'elle utilisait de telles méthodes d'approche ? Et qu'aurait-elle à lui reprocher ? Ses affaires n'étaient pas toujours propres et il arrosait allégrement les personnalités locales ou nationales mais rien n'indiquait que les flics en avaient après lui. Alors pour qui travaillait cette pute ? À bien y réfléchir, Zoran ne voyait qu'une seule option : le *PKK* ! Il était kurde mais il n'avait jamais été proche des indépendantistes qui cherchaient à faire sécession de la Turquie. Pire, il collaborait largement avec le gouvernement d'Erdogan. Personne ne l'avait menacé pour cela, mais on lui avait déjà fait des remarques, dans son pays. Et puis, il y a quelques semaines, dans la rue, un homme s'était adressé à sa mère et l'avait mise en garde. « Ton fils est un traître, vous allez tous payer pour ça ». Zoran avait immédiatement déménagé ses parents. Le *PKK*, c'était ça la piste la plus probable. Mais pourquoi lui envoyer cette fille, et de cette façon ? Et pourquoi lui avait-elle demandé s'il était le « violeur » ? Qu'est-ce que cela signifiait ? Devait-il s'attendre à un chantage sexuel ? Non, vraiment, il ne comprenait pas ce qui se passait. Mieux valait être prudent.

Sur l'écran de bord de la Mercedes, il sélectionna le nom d'Abdullah dans la liste des derniers numéros qu'il avait appelés. Après quelques sonneries, son contact décrocha.

— Bonjour patron, répondit l'homme en turc.

— Le type qui nous a amené la fille de cette nuit, tu le connais ?

— Pas bien, il travaille pour nous, pour payer son passage. Il se prénomme Berwan. C'est un kurde syrien.

Un kurde ? Le cœur de Zoran ratât quelques battements. Abdullah continua :

— Il est arrivé à Dunkerque il y a un mois environ. Il gère les embarquements, c'est tout. Il ne nous avait jamais amené de fille jusqu'à hier. Il y a un problème avec elle ?

Zoran réfléchit.

— Ce Berwan, il est du *PKK*, demanda-t-il ?

— Je ne sais pas, patron. C'est bien possible car il n'est pas arrivé par un des passeurs habituels. Il avait ses propres soutiens. C'est vrai que ça ressemble à leurs méthodes.

— Et il a un moyen de me connaître, de savoir qui je suis ?

— Aucun, patron. Personne ne vous connaît dans le réseau. Tout passe par moi. C'est étanche.

Abdullah était fiable. Sauf s'il l'avait trahi, mais Zoran ne le pensait pas. Tout cela ne sentait pas bon. Il fallait se protéger. Il avait toujours refusé de porter une arme. Il n'avait pas envie de se salir les mains. Abdullah était son garde du corps, lui et ses hommes servaient à ça. Une arme, même un couteau, ça manquait de classe, ça le ramenait à ses origines populaires des rues d'Istanbul où tout se réglait à coups de poings ou de lames. Il était au-dessus de ça, désormais.

— Tu vas me récupérer ce type, Berwan, tu l'amènes au restaurant et tu l'enfermes. Tu le cognes si besoin. Quand tu l'auras, tu me préviens. J'ai des questions à lui poser.

— D'accord.

— Avant ça, tu me trouves un départ pour la Turquie pour quatre personnes, moi et ma famille, pour lundi. Oh non, pour demain dimanche. En première, comme d'hab.

— Bien, je regarde.

— Et je veux que tu mettes des types au cul de Mehmet et Caroline. Protection à distance. Si on les emmerde, tes gars ont le droit de dézinguer. Je couvre. C'est clair ?

— Très clair.

Et il raccrocha.

Dans son carnet d'adresses, Zoran sélectionna un autre numéro. Sonneries, décrochage.

— Bonjour Zoran, tu es bien matinal. Quel bon vent t'amène ?

— Bonjour Denis, j'ai besoin d'accéder à mon coffre.

— Pas de problème, passe à l'agence, on ouvre dans une heure.

Zoran était client du *Crédit Commercial du Nord* depuis son arrivée en France. Denis Thuillier était le Directeur de l'agence de Dunkerque. L'activité d'import-export que le Turc exerçait était prospère. Il se passait rarement une journée sans qu'un porte-container n'arrive ou ne parte du port de Dunkerque, affrété par ses soins. L'argent affluait et Denis était ravi, accordant à Zoran tout ce qu'il voulait. Ce dernier n'aimait pas ce petit rond de cuir mielleux mais comme les autres, il le ménageait, et tous lui mangeaient dans la main. Grâce à cette solide position financière, Zoran alimentait largement le pouvoir économique et politique local. Il était incontournable au sein du Patronat et de la Chambre de commerce. Il était un homme riche, puissant, reconnu.

— Non, je ne peux pas ce matin. Je voudrais passer demain.

— Demain ? Mais c'est dimanche, on est fermé. Ce n'est pas possible. Il y une alarme automatique, je ne peux pas...

— Tu es le directeur de l'agence, oui ou merde ? Tu vas me faire accéder à mon coffre demain matin, C'est compris ?

Le banquier n'avait jamais entendu Zoran élever la voix. Il était ami avec le Turc, enfin si on veut car Zoran était musulman, tout de même, mais bon, il avait toujours été correct. Jusqu'à ce jour. Il devait avoir des ennuis. Le Turc était un homme puissant, mieux valait ne pas l'indisposer.

— Bien, je vais appeler le siège et voir comment je peux faire. Tu veux venir à quelle heure ?

— Je serai à l'agence à quinze heures.

Après les hypocrites salutations d'usage, Zoran raccrocha. Il arrivait aux abords de Malo-les-Bains. Dans quelques minutes, il serait chez lui.

22

Quand l'homme au bandage se leva et quitta la pièce, Gabriel donna le top départ à Berwan. D'un puissant coup de sa batte de base-ball, le kurde fracassa le montant central de la double fenêtre qui s'ouvrit en grand. En position de tir, visant le canapé, Gabriel était prêt à faire feu si c'était nécessaire. Le type qui regardait la télévision se leva brusquement et se retourna pour leur faire face. Il tenait un pistolet à la main. Gabriel ne se posa pas de question et tira à deux reprises. Le type recula brutalement, comme propulsé contre la télévision qu'il percuta, la faisant chuter et taire. Il ne verrait pas la fin de son émission car le poste serait désormais défectueux. Par ailleurs, il était mort.

Tenant toujours son pistolet pointé devant lui, le Poulpe enjamba le rebord. Une vive douleur lui déchira la cuisse gauche, peu habituée depuis quelques années à cet étirement violent. Il poursuivit cependant son mouvement et, se réceptionnant mal, s'étala dans la cuisine. Il vit que Berwan l'enjambait et se précipitait vers le salon, la batte toujours aussi ridiculement positionnée au-dessus de la tête.

23

Étourdie, Gabriella haletait quand elle entendit les coups de feu. Ce fut comme un électrochoc. Le sac à dos était là, devant ses yeux. Toujours étendue sur le sol, elle le saisit, l'ouvrit et en retira la bouteille de *Singani* et le briquet. Elle était en train de dévisser le bouchon de la flasque quand l'œuf de Pâques entra dans la chambre.

L'homme se jeta sur elle. Affaiblie, Gabriella savait qu'elle n'avait aucune chance si elle engageait un corps à corps. Elle savait où frapper, pourtant. Les parties intimes, les yeux, la glotte du mâle étaient ses points faibles mais elle manquait un peu d'énergie ce matin... Le mec l'écrasa vite de tout son poids mais comme la jeune femme était allongée sur le côté, ses mains restaient libres de leurs mouvements. Elle leva celle qui tenait la bouteille et entreprit d'en vider le contenu sur la tête du mec, secouant le récipient pour accélérer le débit. Surpris, l'homme frappa la main qui l'aspergeait. La flasque s'envola à l'autre bout de la pièce. Son visage ruisselait et le bandage qui l'entourait était gorgé de liquide. En se protégeant de l'agression alcoolique, le type s'était redressé, dégageant la pression sur Gabriella qui profita de l'aubaine pour se mettre sur le dos. Elle tendit vers l'œuf de Pâques le bras qui tenait le briquet et fit rouler la molette. Une flamme apparut.

Le visage du type s'embrasa. Il se releva, tentant d'arracher les bandages enflammés et quitta la chambre en criant.

« Ben oui, tu vois, se dit Gabriella, c'est fort le *Singani*. C'est pas une boisson de mauviette ».

24

Allongé sur la télévision, baignant dans une mare de sang qui se développait rapidement, le mec avait son compte. Jugeant qu'il n'y avait plus de danger de ce côté-là, Berwan s'engagea dans un couloir qui jouxtait le salon et se retrouva nez à nez avec Lucifer qui hurlait en s'approchant de lui. Sa tête était en feu. Enfin, ce n'était peut-être pas Lucifer, mais une créature du démon qui gesticulait en arrachant des morceaux de son visage, sans doute pour révéler la bête qui se trouvait sous l'apparence humaine qu'il avait revêtue. Allah éprouvait Berwan mais celui-ci n'avait pas peur d'affronter les épreuves pour la gloire du Prophète. Il savait que son destin était d'expier les fautes de son existence et il était prêt pour cela. Il leva la batte de base-ball et, sans hésitation, frappa le démon en plein visage. Un craquement sec se fit entendre et le suppôt de Lucifer s'effondra. Peut-être le démon n'était-il pas si vaillant, après tout.

— *Help me God*, cria Berwan en soulevant son arme pour frapper à nouveau le diable qui se trouvait au sol.

25

Quand Gabriel entendit le geôlier hurler, un cri de douleur pas de doute, il ne put réprimer un sourire. Gabriella ne devait pas être très loin ! Il se remit péniblement debout. Sa cuisse gauche lui faisait mal. Il avait dû se faire un claquage, une élongation, ou un truc comme ça.

Il arriva en boitant à la hauteur du canapé. Le mec sur lequel il avait tiré gisait sur le sol, dans son sang. Joli tir, il avait assuré. Il n'avait pas perdu la main, finalement. Dans le couloir qui prolongeait le salon, il entendit des coups et se précipita.

Berwan était en train de fracasser la tête d'un type qui se trouvait au sol, inerte. Son visage, ou du moins ce qu'il en restait dans la bouillie qu'était en train de réaliser le Syrien, fumait.

— Calme-toi, calme-toi, intervient Gabriel en retenant le bras de son coéquipier qui s'apprêtait à frapper à nouveau.

— *I killed the devil. The devil !*

Berwan semblait avoir peur. Le Poulpe jugea plus prudent de lui retirer son arme.

— Il a son compte, ton diable. Je pense qu'il est rentré en enfer.

Au fond du couloir se trouvait une pièce dont la porte était ouverte. Gabriel s'approcha. C'était une chambre à l'ameublement spartiate : un lit et une chaise disloquée. Gabriella était assise sur le sol, devant le lit. Elle semblait bien mal en point. On l'avait frappée au visage. Son œil droit était enflé et entouré d'un énorme bleu. Le cœur du Poulpe se serra de la découvrir ainsi défigurée. La jeune femme alluma un cigarillo et tira une longue bouffée. Elle rejeta la fumée en soupirant de plaisir avant de relever la tête vers Gabriel.

— Tu peux ramasser la bouteille de *Singani* et me la passer. J'ai l'impression qu'il en reste un peu. J'en boirais bien une gorgée.

26

Au volant de sa Mercedes, Zoran remonta l'avenue About, bien mal nommée dans la mesure où elle n'était qu'une voie étroite en sens unique, bordée d'immeubles centenaires, si typiques du quartier de Malo. À quelques mètres de l'immeuble de quatre étages qu'il possédait et où il vivait, le plus beau du quartier disait-on, il actionna une télécommande qui ouvrit un box dans lequel il fit pénétrer sa voiture. Le Turc ne se lassait pas de cette arrivée. À chaque fois, il revivait sa première visite : l'entrée banale par l'arrière de l'immeuble, le parking, la montée au premier étage, l'entrée dans le salon et... la vue dégagée sur la mer. Car si la rue, l'avenue pardon, ne laissait rien présager, elle était la ligne arrière et souvent l'accès aux nombreuses constructions du front de mer de Malo.

Mais ce matin, la magie n'opérait pas. Zoran était soucieux et contrarié. Préoccupé par l'intrusion brutale d'une menace dont il ne comprenait ni la nature ni l'ampleur, frustré de n'avoir pas pu déboiter le petit cul de la salope qui l'attendait à la brasserie.

Caroline était dans le salon, assise dans un fauteuil qui faisait face à la télé. Elle avait un talent impressionnant pour ne rien faire, et regarder le poste était sa non-activité de loin la plus développée. Mais elle le faisait toujours avec grâce, lovant magnifiquement sa plastique de mannequin dans le confortable cuir. Zoran ne la salua pas et elle lui rendit son silence. C'était comme cela entre eux : l'indifférence avait remplacé la passion des premières années. Il regarda par la baie vitrée. Ce matin, le temps était gris et les vagues agitées. Pas de pluie. Parfait pour le cours d'équitation de Myriem.

— Elle est prête, demanda-t-il ?

— Bianca finit de l'habiller.

La bonne était sérieuse. Elle lui livrerait sa fille à l'heure et parfaitement apprêtée. Zoran faillit demander ce que faisait Mehmet, mais s'abstint. En fait, l'information lui était parfaitement égale. Et il n'avait pas envie de simuler des politesses.

Caroline se leva et se dirigea vers la cuisine, le croisant sans lui adresser un regard. L'homme invisible n'aurait pas été plus ignoré. Zoran admira le déhanché voluptueux de sa femme sous la soie légère de son peignoir, sa longue chevelure blonde qui se mouvait telle une vague dans son dos droit et musclé façonné par la danse classique, sa taille fine et souple, et ce cul qui l'avait immédiatement fasciné et qu'elle conservait rond et ferme. Elle laissait derrière elle un délicieux parfum fruité. Quand elle revint, un verre d'eau à la main, pour reprendre sa position de sphinx devant la télévision, Zoran l'arrêta en lui saisissant le bras. Le geste était légèrement appuyé, presque agressif, mais ce n'est pas cela qui surprit le plus Caroline, plutôt le fait que cela faisait des mois, peut-être des années, qu'il n'y avait pas eu de contact physique entre son mari et elle. L'étonnement lui fit lâcher le verre qui se brisa sur le parquet en chêne massif point de Hongrie qu'elle avait personnellement choisi. L'eau se répandait, cela risquait de faire une tache. Dès qu'elle en aurait fini avec Myriem, Bianca devrait s'occuper d'éponger ça sans attendre.

— Mets-toi à genoux sur le fauteuil.

Quel rustre ! C'est ce qui avait plu, vingt ans plus tôt, à la jeune mannequin qu'elle était alors, ces manières de charretier. Les femmes appréciaient-elles les mauvais garçons ? Elle n'en savait rien, mais elle, cela l'avait excité, cette grossièreté, ces manières ordurières, le sexe brutal. À l'époque, elle consommait les hommes de son entourage, des éphèbes qui n'assumaient pas encore leur ambivalence, trop propres, trop policés, trop doux. Zoran avait été... rafraîchissant. Et elle l'avait épousé. Elle avait aussi uni son destin à son portefeuille, à l'époque encore peu garni mais prometteur, et qui par la suite n'avait fait que se remplir. Et comme il lui laissait y accéder presque sans limite, c'était une alternative bienvenue à son absence totale de motivation pour quelque activité que ce soit une fois que sa carrière de top déclinerait.

Caroline le regarda dans les yeux. Il y brillait cette lueur sauvage qui l'excitait autrefois et qui, ce matin, ma foi, commençait à trouver une voie dans son cerveau chaste depuis bien longtemps. Zoran accentua sa pression.

— Tu me fais mal.

— Dépêche-toi, Myriem va bientôt descendre.

Pour le meilleur et pour le pire aurait dit le prêtre si elle s'était unie à Zoran dans une église catholique, elle se dirigea vers le fauteuil.

27

Quel gâchis ! Dire qu'ils allaient devoir tout carboniser.

Assis face à Gabriella à une table du restaurant désert de l'estaminet, le Poulpe avait écouté le récit des aventures de la jeune femme. Il était atterré qu'elle ait pris autant de risques. Il avait envie de l'engueuler, de lui dire à quel point tout ce qu'elle avait entrepris était con mais devant le visage tuméfié et l'atonie de la jeune femme, il préféra rester discret. Au contraire, il avait de la peine pour elle, et se demandait si toute cette souffrance qu'elle était capable d'encaisser lui venait de son passé. Un jour peut-être lui ferait-elle assez confiance pour se livrer. De son côté, Gabriel lui avait annoncé l'identité et le pedigree de son ravisseur.

Si Gabriella avait choisi de boire de l'eau, lui n'avait pas méprisé l'augure qui l'avait fait se retrouver dans une brasserie. Il avait dégusté un demi de chacune des pressions de la fabrique locale, une blonde, une brune et une ambrée. Des breuvages délicieux, aux arômes fruités, à l'acidité légèrement astringente, d'autant plus délectables que Gabriella était sauve, bien qu'esquintée, et que lui-même venait de se prouver qu'il n'était pas encore un vieux crouton et conservait même une véritable capacité d'action malgré sa soixantaine bien entamée. Seul bémol, cette cuisse qu'il avait froissée et dont il espérait que la douleur passerait rapidement.

Berwan surgit dans le restaurant, un bidon d'essence

à la main et, sans attendre, commença à asperger le mobilier. Dans la salle, tout était en bois, y compris la charpente qui se trouvait au-dessus de leurs têtes, ça devrait cramer facilement. Quelques minutes plus tôt, avec l'aide du Kurde qui le soutenait, Gabriel avait fait le tour du bâtiment, essentiellement composé du restaurant, de sa cuisine, d'un entrepôt où patientaient des dizaines de futs de bière, et d'un bureau. Le tout était complété par un modeste appartement de trois pièces où Gabriella avait été séquestrée et que Zoran Bayik utilisait probablement comme garçonnière pour ses rendez-vous avec des femmes hélas non consentantes. Gabriel n'avait rien trouvé d'intéressant lors de sa visite des lieux, si ce n'est quelques bidons d'essence dont il avait immédiatement trouvé l'usage. Gabriella, Berwan et lui avaient laissé quelques traces de leur passage, deux cadavres notamment, il était donc souhaitable d'effacer tout cela de la manière la plus radicale.

Quand le Kurde eut fini son arrosage, il se planta à côté de Gabriel. Il avait retrouvé son calme. Le Poulpe n'était pas impressionnable, il faut dire qu'il en avait vu durant ses enquêtes précédentes, des tapés, tarés, cramés des neurones, et Berwan faisait bien parti de ce cette catégorie de dingos, capable de massacrer un type à coup de batte de base-ball en croyant lutter contre le mal absolu.

— Ça va, demanda Gabriel en se tournant vers Gabriella ?

Elle acquiesça mais il voyait bien qu'elle souffrait. Ils devaient y aller, pour qu'elle avale de quoi apaiser un peu ses douleurs, et pour qu'elle se repose. Il faudrait traverser à pied la houblonnière, pas question de ramener ici la voiture de location, trop repérable.

Encore un dernier effort et Gabriella serait en sécurité.

— On se casse, ordonna Gabriel à destination de Berwan.

Celui-ci s'approcha de la jeune femme qui se levait. Elle le repoussa.

— C'est bon, je me débrouille. Occupe-toi plutôt de Gabriel.

Cette proposition était un peu humiliante, mais le Poulpe devait bien avouer qu'une fois debout il sentit une décharge fulgurante dans sa cuisse gauche, un handicap pour rejoindre rapidement leur véhicule. Il prit appui sur le Kurde.

Gabriella sortit le briquet de son sac à dos. Ce n'était pas pour allumer un nouveau cigarillo.

Sur le chemin du retour, Gabriel avait déposé Berwan à proximité de la dune Dewulf. Il était midi lorsqu'il gara la voiture de location devant la maison de Chandler. Venir ici lui avait semblé la moins mauvaise solution. Il faut dire qu'ils n'avaient pas vraiment d'autre option. Gabriel ne mesurait pas l'étendue de la puissance de Bayik mais il ne pouvait pas prendre le risque de retourner à l'hôtel maintenant. Demain peut-être, après avoir fait un repérage afin d'estimer si le lieu n'était pas surveillé. Ni lui ni Gabriella n'étaient en état pour le moment. Il fallait qu'ils se reposent, Gabriella en priorité.

Une fois assise à ses côtés, Gabriella était devenue mutique, raide, le regard fixé droit devant elle. Gabriel avait vite arrêté d'essayer d'engager la conversation. Peu avant l'arrivée à Dunkerque, elle avait juste lâché, presque pour elle-même :

— Je vais le buter.

Gabriel avait appuyé à trois reprises sur la sonnette

quand enfin quelqu'un dévala un escalier à l'intérieur de la maison. La porte s'ouvrit sur un Chandler souriant jusqu'à ce qu'il découvre le visage de Gabriella.

— Mais qu'est-ce qui t'est...

Les mots restèrent coincés dans sa gorge. Il tendit les mains vers le visage de la jeune femme mais hésita à y poser ses doigts, craignant de lui faire mal. C'est elle qui lui prit la main et qui, délicatement, vint y déposer sa joue. Lentement, silencieusement, il l'enlaça.

— Bon rentrons, proposa Gabriel, qui n'avait jamais apprécié la série *Harlequin*.

— Je vais bien, déclara Gabriella à l'attention de Chandler une fois que la porte fut refermée derrière eux. Ne t'inquiète pas.

Et elle se mit à pleurer.

28

La pluie tombait à nouveau sur le Dunkerquois et la météo annonçait qu'il en serait ainsi toute la journée. En ce dimanche matin, alors que le jour se levait à peine, rares étaient les passants sur la Digue de Mer, battue par un vent mauvais mais habituel venu du large qui amplifiait la sensation de froid. Derrière les façades des immeubles qui s'opposaient crânement à l'horizon, ceux qui n'avaient rien d'autres à faire s'attardaient sous leurs couettes, pendant que les plus courageux s'équipaient pour leur jogging dominical ou que d'autres encore s'apprêtaient pour la messe. Tous se mélangeraient cependant dans l'après-midi au sein du défilé qui dans le centre de Dunkerque devait clôturer deux mois de festivités. L'apothéose serait le lâcher de harengs par l'édile local depuis le premier étage de l'Hôtel de Ville, sur la foule en liesse regroupée sur le parvis.

Gégé, lui, ne flemmardait pas, bien au contraire. Gars Mimile, Jacquou et lui s'entraînaient. Ils seraient au top cet après-midi ! Depuis janvier, de Cappelle-La-Grande à Bray-Dunes, en passant par Steene, Fort-Mardyck, Armouts-Cappel ou Zuydcoote, ils avaient été de toutes les bandes, mais celles-ci n'étaient que des répétitions, des entraînements pour la reine des batailles, celle qui se déroulerait cet après-midi : la bande de Dunkerque ! Ces sportifs dopés à la *8-6*, ces forçats du levé de pinte, ces égosilleurs de chants traditionnels, ces gardiens de la tradition avaient déjà revêtu leurs uniformes et ce matin, ils les exhibaient fièrement aux mouettes qui semblaient pourtant en rire. Et il en était fier, Gégé, de son *clet'che*. Voyez un peu : une magnifique jupe léopard sur des collants fuchsia, avec un petit manteau court d'un rose des plus seyants. Mais ce dont il était le plus satisfait, c'était de son sublime chapeau agrémenté de plusieurs plumes d'autruche, chacune mesurant au bas mot un mètre de long, ainsi que du boa en véritables poils synthétiques vert golden qui accompagnait si bien son couvre-chef. Sublime. Gars Mimile et Jacquou n'avaient pas à rougir de leurs propres accoutrements, mais Gégé restait leur référence. Ils l'adulaient.

L'équipée remontait la digue, destination le centre-ville où ils espéraient évangéliser les foules, probablement clairsemées à cette heure matinale, afin de relier à leur panache les mécréants qui ne parlaient ni ne pratiquaient encore l'évangile local.

En arrivant à la hauteur du *Kursaal*, le gros cube moderne planté face à l'océan qui servait de salle polyvalente à la ville, Gégé leva un bras impérial qui arrêta sa troupe. Il se tourna vers le palais et entonna un hommage, bientôt repris par ses fidèles compagnons :

— *On dit qu'Dunkerque est mort, mironton, mironton, mirontaine on dit qu'Dunkerque est mort, est mort et enterré, mais c'est pas vrai.*

« Ah il fallait pas, il fallait pas qu'il aille, ah il fallait pas il fallait pas y aller.

« Ah il fallait pas, il fallait pas qu'il aille, ah il fallait pas il fallait pas y aller !

Il faut dire que quelques jours plus tôt s'était déroulé ici l'incontournable *Bal des Corsaires*, ô combien plus impressionnant que celui du *Chat Noir* ou du *Palais des Prout*.

Leur hommage délivré, ces cerbères de la tradition se tournèrent vers l'océan. Ils titubaient à peine, entraînés qu'ils étaient non au tangage et au roulis que leurs ancêtres marins connaissaient bien, mais à l'ingurgitation prolongée d'alcool que leurs ancêtres marins connaissaient bien aussi. De l'eau jusqu'au torse, à quelques dizaines de mètres du rivage, une douzaine d'individus en file indienne perforait les vagues. Le premier de la cordée se servait d'une rame pour progresser plus vite, forçant ses acolytes à trottiner pour le suivre. Gégé apercevait régulièrement ces zinzins qui considéraient le « longe-côte », comme ils appelaient leur discipline, comme un sport. Pourtant ces frileux n'osaient même pas affronter la mer sans combinaison. Cela lui donna une idée.

— Allons nous baigner, lança-t-il.

Sans attendre, il commença à retirer une par une les pièces de son costume et les jeta sans égard sur le sable, sous l'œil dubitatif de Gars Mimile et de Jacquou qui étaient moins choqués par l'absence de pudeur de leur camarade, ils en avaient vu d'autres de sa part au cours de toutes ses années, que par la température peu clémente.

Quand Gégé n'eut plus rien à enlever, y compris son caleçon, il fonça vers les vagues, sous les applaudissements de son écurie. Il criait pour se donner du courage car, putain, qu'il faisait froid, bordel ! Un tel leader n'est pas homme qui renonce, surtout quand son honneur de carnavaleux est en jeu et, hurlant de plus belle, il ne recula pas quand les premières éclaboussures lui frappèrent les guiboles puis le torse, ni quand il fallut plonger. Il en eut tout de même le souffle coupé, et sut qu'il ne resterait pas longtemps immergé, maintenant qu'il avait prouvé à ses copains qu'il était un couillu, un homme, un vrai.

C'est alors que Gégé percuta un autre homme, un vrai aussi, qui nageait à ses côtés. Percuter et nager sont de biens grands mots car l'autre l'avait mollement heurté et qu'il ne bougeait pas, mains liées dans le dos et tête sous l'eau. Il semblait mal en point. Oubliant temporairement le climat ambiant, Gégé saisit l'autre et le ramena sur la berge. Ayant observé la scène, Gars Mimile et Jacquou s'étaient précipités afin de l'aider à traîner le corps hors de l'eau. Pendant que Gégé s'empressait de remettre son *clet'che* trempé, Jacquou, qui n'était pourtant pas médecin, osa un diagnostic plein de bon sang :

— Il est mort.

— Il est mort, confirma Gars Mimile qui en savait quelque chose puisqu'il avait accompagné Tata Jacqueline durant ses derniers instants, paix à son âme.

Gégé, lui, se tut. Il n'en pensait pas moins, mais s'il ouvrait la bouche, il avait peur qu'on entende ses dents claquer. Il se pencha sur le cadavre autour duquel ils étaient maintenant réunis. Le type était sur le dos, l'océan puis la pluie avaient lavé son organisme. Il avait le torse nu mais portait un pantalon. Pas de chaussures. Une trentaine d'années, type moyen oriental. Sans doute un migrant qui n'avait pas réussi à atteindre l'Angleterre. Le type portait de nombreuses traces de coups de couteau, ainsi que deux longues balafres superficielles qui lui lézardaient la poitrine puis le ventre de haut en bas. Associées à une baignade les mains liées dans le dos, ces blessures pouvaient expliquer la mort du type. Gégé n'était pas médecin mais ophtalmologue. Par déformation professionnelle, il ouvrit les paupières du mort pour regarder ses yeux. L'œil droit souffrait d'un glaucome très avancé, avec une pupille extrêmement réduite. S'il n'était pas mort prématurément, le mec serait sans doute devenu rapidement aveugle de cet œil.

29

Dans la salle de bain de l'appartement que partageaient Louise et Chandler, une boîte à chaussures servait de pharmacie. Elle contenait à peu près tout ce qui existait sur le marché pour calmer la douleur, y compris des trucs qui ne se trouvaient pas en vente libre mais qui détendaient pas mal quand on les fumait. Il faut dire que Chandler en était à sa troisième fracture, sans compter les contusions, les hématomes, les douleurs musculaires... L'exercice du side-car, surtout dans sa version cross, n'était pas de tout repos.

Épaulée, au sens figuré comme au sens propre, par les compétences expertes de son amant, Gabriella avait allégrement pioché dans ces réserves, avant de se mettre au lit dans le milieu de l'après-midi, samedi. Quand elle rouvrit les yeux, le réveil qui se trouvait sur le chevet du lit de Chandler indiquait qu'il était 13 h. Elle avait dormi près de vingt heures. Elle rejeta la couette et, brutalement, s'assit sur le bord du lit. Un vertige la saisit et elle tangua un moment, jusqu'à ce que le malaise s'apaise, bientôt suivi par toute une nuance de douleurs sur son visage. Elle se leva néanmoins et, constatant qu'elle tenait debout et que son corps ne semblait pas vouloir la trahir, se dirigea vers la porte fermée de la chambre.

Dans la cuisine, Gabriel et Chandler discutaient en buvant du café dans de grands bols, assis autour d'une petite table. Ils se turent quand elle les rejoignit. Devant leurs gueules sombres, Gabriella eut envie de rire.

— Tu me sers un café, Chandler, s'il te plaît ?

Mais le jeune homme, au lieu d'obtempérer, s'approcha d'elle et posa des doigts délicats sur son visage. Elle ferma les yeux et ils restèrent comme ça quelques instants.

— Tu as mal ?

— Ça peut aller. Merci pour les médocs.

— Pas trop shootée ?

— Un peu. Je ne sais pas ce que tu m'as filé, mais c'est fort. En tout cas, ça m'a bien aidée.

Chandler recula finalement et tira une chaise afin que Gabriella se joigne à eux. Elle s'assit.

— Merci Gabriel. Sans toi, je ne sais pas ce qui se serait passé.

— Pas de quoi, lui répondit-il.

Elle remarqua alors la jambe tendue du Poulpe ainsi que la béquille posée contre la table.

— Et toi, ça va mieux ?

— Un peu. Pas grave, je verrai ça à Paris.

Le téléphone portable de Gabriella était posé sur la table. Elle le consulta. Il y avait de nombreux messages de Mario dans la messagerie cryptée. Son frère y expliquait qu'il pistait le téléphone de Zoran Bayik, qu'il avait réussi à identifier et à tracer. Ce dernier avait enregistré toute sa famille sur un vol de *Turkish Airlines* qui quitterait Roissy pour Ankara le soir même à 20 h 30. Mario disait aussi que le Turc avait un rendez-vous dans l'après-midi à 15 h à sa banque, dans le centre de Dunkerque. Ne recevant aucune réponse de Gabriella, il annonçait qu'il écrivait au Poulpe. Le dernier message datait de minuit. Elle se tourna vers Gabriel.

— Pourquoi tu ne m'as pas réveillée ?

— Ça aurait servi à quoi ?

Gabriella préféra ne pas répondre. Un morceau de

baguette traînait sur la table. Elle avait faim. Elle arracha un peu de pain et se mit à le mastiquer, ce qui déclencha des douleurs terribles dans sa mâchoire.

— Je vais te chercher un médoc, déclara Chandler en se levant.

— Pas la peine, je ne le prendrai pas. Je veux garder la tête claire.

Elle voulut changer de sujet.

— Louise n'est pas là ?

— Non, répondit Chandler. Elle passe le week-end à Lille avec une copine. L'ambiance avinée et misogyne un peu lourde du carnaval, c'est pas son truc.

Le silence s'installa, finalement rompu par Chandler.

— Je ne sais pas ce que vous trafiquez tous les deux, Gabriel n'a pas voulu m'expliquer. Il m'a aussi interdit d'appeler la Police ou de vous amener tous les deux à l'hôpital alors que vous auriez besoin de soins l'un comme l'autre. Tu n'es pas journaliste, n'est-ce pas, Monica ?

Bien vu, inspecteur Derrick. Gabriel semblait avoir conservé le secret de leurs activités, et il avait protégé son vrai prénom.

— Non, répondit Gabriella, laconiquement.

— Alors qu'est-ce que vous êtes ? Des sortes de... détectives, des agents secrets ? Et vous travaillez pour qui ?

Gabriella posa une main sur celle de Chandler.

— Je ne peux pas te dire la vérité. C'est dangereux pour toi. Mais on n'est pas des méchants, et ce qu'on fait est utile. Tu dois me faire confiance.

Une grimace dépitée déforma les traits fins du visage de Chandler. Amer, il reprit :

— Si je ne te faisais pas confiance, tu serais chez les flics actuellement.

— Merci.

— Bon, intervient Gabriel, désolé de déranger votre petit mélo, mais faut qu'on rentre, nous, hein Monica ?

Elle se tourna vers lui.

— Non, je finis le travail d'abord.

Gabriel soupira.

— Tu as vu dans quel état il t'a mis ?

— Je vais bien.

— À d'autres.

— Où est ma moto, demanda Gabriella ?

Les deux hommes se regardèrent. La moto ? Personne n'avait pensé à aller la récupérer. D'ailleurs, aucun des deux ne savait où elle l'avait garée. Il était presque 13 h maintenant, pas le temps d'aller la chercher.

— Chandler, je peux t'emprunter ton side-car ?

30

Ce *karniyarik* était dégueulasse et le riz pilaf était tiède. Zoran repoussa rageusement l'assiette d'aubergines farcies, renversant son verre de vin sur la nappe immaculée. Caroline et les enfants arrêtèrent de déjeuner et leurs regards se posèrent sur lui.

— Tu me vires ce nouveau cuisinier, dit-il à sa femme, il est nul.

— Moi je trouve ça bon, le contredit Myriem.

Si cette remarque était venue de ce crétin de Mehmet, Zoran lui aurait collé une beigne. Mais que pouvait-il répliquer à sa petite chérie ?

— Calme-toi, osa Caroline en posant une main sur son avant-bras.

C'était inhabituel. Des années qu'elle n'avait pas tenté un geste aussi intime à son égard. Lors de leur baise du jour précédent, quand il était rentré de la brasserie, il s'était passé quelque chose. Il avait bien vu qu'elle avait aimé ça. Depuis, Zoran redécouvrait au fond de lui une sensation, du désir ? de l'amour ? qu'il n'avait pas éprouvé pour sa femme depuis bien longtemps.

Il se leva et sans un mot quitta la table.

Seul dans son bureau du deuxième étage, le regard perdu vers l'horizon, il retrouva son calme. La mer l'apaisait. La marée était basse et les premières vagues lointaines, à peine visibles sous le ciel gris et pluvieux de ce dimanche. Le défilé de l'après-midi promettait d'être humide mais, en désormais vieux Dunkerquois, Zoran savait que cela n'empêcherait pas des milliers de personnes d'arpenter les rues du centre-ville.

Il quitta la vue magnifique et prit place dans son confortable et luxueux fauteuil en cuir. Devant lui, sur le bureau non moins coûteux, était posée l'édition dominicale de la *Voix du Nord* qui titrait « Deux morts dans l'incendie criminel de *l'Estaminet de la Brasserie des Flandres* ». Une photo pleine page illustrait la une, montrant le restaurant complètement détruit par les flammes. Le long article dans les pages suivantes précisait que l'établissement appartenait à « Monsieur Zoran Bayik, le célèbre homme d'affaires dunkerquois d'origine turque qui avait fait fortune dans l'import-export ». Putassier, le pisseur de lignes évoquait les affaires troubles qui secouaient parfois le port de Dunkerque. S'il ne faisait pas le lien avec Zoran, les sous-entendus étaient suffisamment appuyés pour l'y associer. Salopard.

La Police était venue l'interroger la veille dans l'après-midi. Les enquêteurs lui avaient expliqué que l'incendie était très probablement criminel. Ils avaient demandé si Zoran savait qui pourrait lui en vouloir, s'il connaissait l'identité des deux personnes, a priori des hommes, qui avaient été carbonisés, bref tout ce qui pourrait leur être utile pour mener leur enquête. Sur les conseils d'Abdullah, Zoran avait répondu qu'il ne savait rien sur rien, renvoyant les questions vers le gérant de l'établissement. Avant de partir, les policiers lui avaient demandé de rester à leur disposition. Mais il n'en avait cure : ce soir il prendrait l'avion pour la Turquie. Même si Abdullah avait fait pression sur le gérant, Zoran ne pouvait être sûr que celui-ci ne parlerait pas de ses allées et venues fréquentes. Et puis des riverains pourraient reconnaître sa Mercedes, dont le coûteux modèle ne devait pas être si fréquent dans le village. La veille au soir, quand Zoran avait cherché à joindre le Commissaire, puis le Maire, puis le président de la CCI, personne n'était disponible pour lui parler. Les rats quittaient le navire.

Et tout ça à cause de qui ? D'une pute qui avait débarqué d'on ne sait où dans son existence et qui, en seulement quelques heures, menaçait de faire capoter des dizaines d'années de construction de respectabilité. Et dire qu'il n'avait même pas eu le temps de la baiser. Abdullah avait interrogé le Syrien qui avait amené la fille, ce Berwan, avant de le buter. Le mec avait rapidement parlé. Apparemment, la fille n'était motivée que par ses activités sexuelles. Comment cela pouvait-il être possible ? Depuis quand maltraitait-on des hommes tels que lui pour des histoires de cul ? Le Syrien avait aussi dit que la fille se prénommait Monica, mais l'autre type avec qui elle était, un vieux, l'avait appelée Gabriella. Lui-même s'appelait Gabriel. Gabriel et Gabriella ? C'était une blague... Des noms de code probablement. La fille logeait dans un hôtel du centre de Dunkerque et possédait une voiture blanche dont le Syrien n'avait pas été capable de donner la marque. Abruti. Abdullah avait fait une descente à l'hôtel en question mais la chambre avait été libérée. Dans l'après-midi, un homme qui marchait à l'aide d'une canne était venu récupérer les affaires de la fille. Lui-même avait semble-t-il une chambre dans le même établissement. Sa description correspondait au Gabriel mentionné par le Syrien. La patronne du lieu avait déclaré : « Des clients très propres : le monsieur a fait un ménage complet avant de rendre les clefs. Il ne restait pas une miette, pas un cheveu dans les deux chambres ». Il y avait probablement autre chose que cette histoire de cul qui motivait ces deux-là. La fille n'était pas flic, ça, Zoran en était à peu près certain. Si elle l'avait été, pourquoi les policiers qui étaient venus hier ne l'avaient-ils pas embarqué ? Alors quoi, est-ce qu'elle était du *PKK* ? C'était une piste possible, voire probable, Berwan ayant avoué appartenir au parti qui le détestait.

Vraiment, tout cela ne sentait pas bon et marquait peut-être la fin de sa présence en France. Il fallait se mettre à l'abri, rentrer en Turquie pendant quelque temps, peut-être même définitivement. L'avion partait à 20 h 30 de Roissy. Si tout se déroulait bien, demain matin sa famille et lui seraient en lieux sûrs, sous la protection du gouvernement turc. D'ici là, il ne fallait prendre aucun risque. Zoran avait interdit à Caroline et aux enfants de quitter la maison, officiellement afin qu'ils ne soient pas importunés par les journalistes, mais en réalité afin d'éviter qu'il leur arrive quelque chose, assassinat ou enlèvement. Dehors, devant l'entrée, quatre gars d'Abdullah montaient la garde et ce soir, six de plus les accompagneraient à l'aéroport. Zoran et sa famille voyageraient dans deux voitures blindées.

Mais avant cela, Zoran avait un dernier détail à régler. Il lui fallait récupérer le liquide qui dormait dans le coffre de la banque. Il avait rendez-vous avec Thuillier à 15 h. Il regarda sa montre. Il était 14 h 30.

Il était temps d'y aller.

31

L'accès au centre-ville était interdit à la circulation. Un barrage policier bloquait les véhicules au niveau du pont de *Rosendaël* et les détournait vers le sud. D'après les indications de Mario, Gabriella se trouvait à moins d'un kilomètre de la banque. Elle décida d'abandonner le side-car sur un parking proche et de finir à pied.

Même si c'était la meilleure option, elle n'en était pas moins compliquée. De partout affluait une foule bigarrée, revêtue d'accoutrements colorés, hilare et chantante qui se densifiait au fur et à mesure qu'elle approchait du centre-ville. Beaucoup d'hommes étaient habillés en femmes, parés de tenues exubérantes et clinquantes. Certains portaient des ombrelles aux couleurs tout aussi extravagantes. Les rues alentour vibraient des grondements des tambours et des chants du défilé qui serpentait.

Gabriella réajusta le col de son blouson par lequel s'engouffrait un vent frais et humide. Malgré le pull qu'elle portait en dessous, elle n'avait pas très chaud. La fatigue, peut-être aussi, se dit-elle. Elle sentait la présence rassurante des étuis de ses deux poignards, que Gabriel avait retrouvés dans l'estaminet. Son petit sac à dos était aussi avec elle, avec tous ses accessoires, sauf la flasque de *Singani*, désormais vide.

Gabriella se retrouva derrière un groupe d'hommes habillés de justaucorps noirs, pagnes autour de la ceinture, le visage maquillé anthracite, portant sur la tête des perruques frisées et dans les mains des imitations de sagaies, singeant les sauvages des savanes africaines. Charmant. Elle voulut les dépasser mais l'un d'eux l'apostropha dans une caricaturale imitation d'accent africain :

— Où qu'il est ton *clet'che*, dis donc, ma jolie ? Ooooh pas mal le maquillage genre *Walking Dead* !

Sans vraiment attendre de réponse, il avança ses lèvres pour qu'elle l'embrasse, comme le voulait, parfois, la tradition. Gabriella ne connaissait pas la tradition et ne trouvait pas sa parodie raciste du meilleur goût. Elle lui mit son poing sur la gueule et poursuivit sa route.

Puis elle écrivit à Mario.

« Il est où ? »

« Il est à la banque. Il ne bouge plus depuis deux minutes environ. Tu arrives bientôt ? »

« Oui, mais il y a plein de monde. C'est le carnaval, j'ai du mal à traverser la foule. »

Elle dépassa la Place Jean Bart et poursuivit en direction de la gare. Les rues devenaient plus clairsemées. Elle marchait désormais à contresens du flot humain qui déferlait vers l'Hôtel de Ville. Cinquante mètres plus loin, elle aperçut l'agence du *Crédit Commercial du Nord*. Gabriella préféra s'arrêter, elle se mit à couvert derrière une camionnette stationnée le long du trottoir, et attendit la sortie de Bayik.

32

Le trajet jusqu'à la banque s'était bien déroulé. Zoran était soulagé. Abdullah avait dû garer la voiture le long du Quai des Hollandais, près du Port de commerce, car le centre-ville était interdit à la circulation. Le garde du corps l'avait accompagné jusqu'à la banque, le doigt sur la gâchette. La foule était dense et le danger auraient pu surgir à tout moment, mais rien ne s'était produit. Zoran n'avait jamais participé au carnaval et il n'imaginait pas qu'il l'approcherait un jour dans un tel contexte.

Cette couille molle de Thuillier l'attendait comme prévu, seul dans son agence, crevant de peur. Ils n'avaient échangé que quelques mots. Comme les autres, ce lèche-cul prenait ses distances, mais il n'avait pas osé annuler le rendez-vous, préférant sans doute frayer avec un client tel que lui, à l'odeur devenue sulfureuse, plutôt que d'en perdre les comptes bancaires bien dodus. La descente à la salle des coffres et la récupération du petit sac de sport qui contenait ses économies en liquide n'avaient pris que quelques minutes.

Avant de sortir, Zoran passa la bandoulière par-dessus son épaule et la raccourcît de manière à ce que sa besace de fortune soit presque coincée sous son aisselle. C'était un peu ridicule mais il ne tenait pas à ce qu'on lui arrache son pactole. Dehors, il aperçut Abdullah qui attendait sur le trottoir d'en face. Celui-ci lui adressa un signe de tête qui signifiait que tout allait bien. Une légère bruine tombait sur Dunkerque, autant ne pas traîner.

Zoran prit la direction du centre qu'il devait à nouveau traverser pour rejoindre la voiture. La foule était devenue dense. Il progressait lentement, entouré de petits groupes de carnavaleux qui l'ignoraient. Rien d'inquiétant en perspective. Le téléphone de Zoran sonna. Abdullah.

— Qu'est-ce que tu fous ? T'es derrière moi ?

— Ne vous retournez pas, patron. Vous êtes suivi.

Le Turc serra son sac un peu plus fort. Il avait en effet furieusement envie de se retourner, pour connaître la nature de la menace et attendre Abdullah.

— C'est qui, demanda-t-il ?

— Une fille. Je suis quelques mètres derrière elle.

Zoran tressaillit. Il faillit presque s'arrêter, mais accéléra sa marche.

— À quoi elle ressemble ?

Abdullah lui fit une description sommaire mais c'est quand il parla du visage tuméfié de la fille que Zoran comprit qu'elle était revenue. Cette fois, la panique le gagna.

— J'ai l'impression qu'elle arrive à vous suivre même quand elle n'a pas le contact visuel, poursuivit Abdullah. Il y a peut-être un mouchard sur vous. Ou alors, c'est votre téléphone.

Un mouchard sur lui ? Peu probable. Cette pute s'était toujours trouvée à distance et elle avait les mains liées dans le dos. Par contre, le téléphone... Cela signifiait qu'elle avait quelques moyens logistiques à sa disposition, ce n'était pas une bonne nouvelle.

— Je vais couper mon téléphone, annonça Zoran. On se retrouve à la voiture. D'ici là, tu la tues !

— Il y a du monde partout, ça va se voir. Et avec vos problèmes, si quelqu'un vous reconnaît...

— Tue-là, je t'ai dit. Maintenant !

33

De grosses gouttes de pluie tombaient de nouveau sur Dunkerque mais cela ne semblait pas importuner les carnavaleux qui continuaient à s'égosiller sur des chansons débiles dans un brouhaha de plus en plus insupportable.

— *Ça va, ça vient. Ça fait du bien !*

« Ça rentr' ça sort. Ça fait ressort !

« En avant la musique, l'amour c'est vraiment magnifique ! »

Gabriella sentait la douleur progresser un peu partout sur son visage. Il fallait qu'elle en finisse. Après, elle pourrait reprendre des médocs. Elle n'était plus qu'à une dizaine de mètres de Bayik dont elle voyait la tête apparaître sporadiquement parmi la multitude de visages, chapeaux, parapluies. Elle glissa une main dans la manche de son blouson, prête à saisir le poignard dissimulé le long de son avant-bras quand son téléphone vibra.

« Il a tourné vers la gauche, direction l'Hôtel de Ville », avait écrit Mario.

L'Hôtel de Ville ? Mais c'était dans cette direction que convergeait la foule. Pourquoi Bayik prenait-il cette direction ? Il allait se retrouver englué dans le troupeau.

Un nouveau message de Mario :

« Je viens de perdre le signal, son téléphone n'émet plus. »

Ça fait chier !

Gabriella bifurqua vers la mairie. C'est à ce moment-là

qu'elle le vit. Soudain, le mec était là, à ses côtés. Un grand type baraqué portant des lunettes noires, avec un blouson en cuir sombre sur un sweat dont la capuche lui recouvrait la tête. Avec son look de gros dur, il jurait. Pas du tout un fêtard du carnaval. Si elle n'avait pas brusquement changé de direction, le type serait resté dans son dos et elle ne l'aurait pas vu venir. Il projeta un bras vers Gabriella. Elle vit un éclat lumineux. Un couteau ! Pour l'éviter, elle tamponna la grosse femme qui se trouvait devant elle, qui poussa un « Ah ! » surpris. Le bras du mec lui frôla le dos. Un cri s'éleva sur sa droite. Gabriella attrapa son poignard et frappa à son tour, traversant la veste de son poursuivant et enfonçant la lame le plus profondément possible avant de la retirer d'un coup sec. Sans attendre, elle dépassa la dondon et fendit la foule aussi vite qu'elle le pouvait, bousculant sans ménagement les obstacles humains. Le type qui avait crié s'exclamait maintenant, abasourdi : « Je suis blessé. Il m'a donné un coup de couteau ».

— Encore un qui a trop bu, rigola un homme qui le voyait tituber.

— Il saigne, affirma une femme, sans qu'on sache de qui elle parlait.

— Le type là, il a un couteau, cria une autre en désignant l'homme au blouson qui se tenait le ventre, puis elle hurla.

— C'est un attentat, osa un homme, déclenchant une cohue centrifuge qui s'éloigna rapidement des deux blessés.

L'homme au blouson de cuir tomba à genoux. Il lâcha son couteau qui atterrit sur le pavé humide, puis il s'effondra. Sous son corps apparut rapidement une flaque de sang. La vie l'abandonnait.

Gabriella parvint sur la place de l'Hôtel de Ville, qui

était recouverte d'une nappe humaine compacte. Elle se retourna. Elle semblait avoir semé son poursuivant. L'homme ne lui faisait pas peur, et s'il voulait jouer du couteau, il avait intérêt à savoir se battre. Mais elle préférait différer cet affrontement pour se concentrer sur l'élimination de sa cible prioritaire : Bayik. Elle reprit son chemin, traversant le parvis de la Mairie, sur lequel le Turc devait se trouver, quelques mètres devant elle.

La foule entonnait une ode au carnaval délicatement scandée à la grosse caisse :

— *Chantons tous ensemble ce joyeux signal, ce qui nous rassemble pour le Carnaval,*

Vive les enfants de Jean Bart, ce sont de fameux gaillards, pour les fêtes et pour les bals du Carnaval ! ».

Soudain, le calme se fit sur la place et une clameur s'éleva des milliers de poumons présents, bientôt suivie par une demande unanime scandée en boucle : « Libérez les harengs, libérez les harengs ! ».

Le Maire était apparu sur le balcon du premier étage de l'Hôtel de Ville, accompagné de ses invités du jour, des carnavaleux aux accoutrements aussi excentriques que ceux qui se trouvaient en contrebas. L'édile et ses voisins saluèrent l'énorme affluence et ils furent acclamés en retour, puis ils se penchèrent sur les caisses qui se trouvaient à leurs pieds et en extirpèrent de petits paquets en plastique qu'ils commencèrent à lancer dans la foule.

Devant Gabriella, plusieurs personnes bondirent vers le ciel pour saisir l'un de ces trophées.

— J'en ai un, cria un homme, satisfait de sa performance.

Il exhibait, au bout de son bras tendu, l'objet de sa chasse : un sachet de harengs sous vide.

Gabriella essayait de ne pas se laisser distraire ni

distancer mais cela faisait déjà plusieurs minutes qu'elle n'avait pas aperçu Bayik. La houle qui parcourait l'assemblée la ballotait et menaçait de la faire chuter. Rapidement, elle ne sut plus quelle direction prendre pour rattraper le Turc. Elle adressa un message à Mario.

« Tu sais où il est ? »

« Non, signal coupé. Je l'ai perdu. »

Merde.

Jouant des coudes, Gabriella parvint à la limite nord de l'esplanade où le regroupement devenait moins dense. Longeant les abords de la place, elle essaya de repérer sa cible parmi les festivaliers, sans succès. Bayik avait probablement déjà quitté le parvis de l'Hôtel de Ville. Elle s'engagea dans une rue qui aboutissait sur un quai du Port de commerce. Elle observa les visages alentour. Aucun ne ressemblait à celui qu'elle cherchait. Agacée, la jeune femme fit demi-tour vers la Mairie. Les clameurs étaient toujours aussi vives, mais le peuple réclamait désormais d'autres présents : « Libérez les homards, libérez les homards ! ».

Gabriella poursuivit sa quête pendant plusieurs minutes, parcourant les rues adjacentes, élargissant le périmètre de son investigation, puis revenant sur ses pas. Finalement, elle dut se résoudre à l'idée qu'elle avait perdu Bayik. Sans l'aide de Mario, elle ne pourrait pas le retrouver, d'autant que l'homme prenait l'avion le soir même et n'allait probablement pas tarder à partir vers Roissy. Elle avait peut-être encore une chance de la coincer avant l'aéroport. Mais pour cela, elle devait sans tarder récupérer sa moto. Elle écrivit à Mario.

« J'ai perdu Bayik. Il va prendre l'autoroute vers Paris. Tu peux essayer de repérer sa bagnole ? »

« La Mercedes ? »

« Oui, ou une caisse luxueuse du même genre. »

« OK, je m'y colle. »

Gabriella se mit à courir. Le sang qui battait ses veines amplifiait les élancements douloureux de son visage. La foule qui se dispersait, rassasiée de harengs sous plastique, était moins chahutée que celle qui avait afflué vers le centre-ville quelques dizaines de minutes plus tôt. Il faut dire que la pluie tombait de manière continue et, l'euphorie passée, les festivaliers cherchaient à se mettre au sec. Elle n'eut pas de problème pour rejoindre rapidement le Pont de *Rosendaël* puis le parking sur lequel elle avait laissé le side-car.

C'est grelottante que Gabriella arrêta sa course devant le bolide. Elle saisit son sac à dos. Il portait une large entaille. Un souvenir de l'homme au blouson de cuir. Ce n'était pas passé loin. Elle y prit les clefs du side-car. La vue du casque éraflé de Chandler, qu'elle avait attaché à une roue à l'aide d'une chaîne, lui arracha une pensée fugace du jeune homme qui la fit sourire. Elle se pencha vers la serrure de l'antivol mais n'eut pas le temps d'achever son geste. Un violent coup sur la tête la fit s'évanouir.

« Encore », se dit-elle ? Je ne suis pas en forme, vraiment pas.

34

Zoran n'avait pas fait de moto depuis ses années de jeunesse et trouvait cela agréable. Il faudrait qu'il s'y remette quand il serait rentré chez lui. Dommage que le temps soit aussi pourri. Il drachait dru et l'on n'y voyait guère plus loin qu'à quelques dizaines de mètres. L'eau qui frappait la visière créait devant les yeux du Turc une sorte de brume. Heureusement, le sac de sport qu'il tenait toujours coincé sous son aisselle était bien étanche. L'argent ne risquait rien.

Il quitta le front de mer pour s'engager dans l'allée bétonnée qui descendait vers la plage de Malo. Ce chemin, les tracteurs municipaux le prenaient tous les matins, afin d'effectuer le nettoyage du rivage. Le Turc les observait parfois depuis les fenêtres de sa maison, leurs phares déchirant le jour naissant. La marée qui allait et venait ne suffisait pas à débarrasser le sable des scories oubliées par les promeneurs ou les baigneurs. Elle-même charriait ses propres détritus. Cannettes, tubes de crème à bronzer, serviettes, vêtements, téléphones portables, clefs... constituaient le gros de la pêche que les tamis récoltaient méticuleusement. Les professionnels engins s'avéraient plus efficaces que les amateurs, eux aussi en action dès potron-minet, qui parcouraient la grève avec leurs détecteurs de métaux. Cette quête s'avérait médiocrement lucrative mais ces persévérants reprenaient inlassablement leur besogne, aussi persuadés qu'un joueur de Loto qu'ils décrocheraient un jour le gros lot, au mépris des statistiques.

Après quelques mètres de sable sec et meuble où la progression de la moto fut pénible, Zoran déboucha sur la partie de la plage d'où la mer s'était retirée quelques heures plus tôt, lui offrant un sol plus régulier et surtout plus compact sur lequel il put enfin accélérer. Sans un regard pour le gracieux alignement bâti de Malo, il vira vers le large, direction les vagues qui, marée basse oblige, s'étaient éloignées de plusieurs centaines de mètres mais n'allaient pas tarder à revenir. Ce front de mer, si typique de Dunkerque, il aurait dû en profiter un peu plus, s'en remplir les mirettes, l'enregistrer, car il ne savait pas s'il le reverrait un jour pour de vrai, s'il reviendrait dans la ville dans laquelle il avait connu tant de succès.

Il regarda vers le plateau du side-car sur lequel Gabriella gisait, évanouie. Zoran l'avait grossièrement installée de manière à ce qu'ils puissent rejoindre la mer sans qu'elle tombe du bolide. Avec la cordelette trouvée dans le sac à dos de la jeune femme, il lui avait attaché les jambes à l'arrière du plateau et les mains à l'arceau frontal. Alors qu'il effectuait son ligotage, le Turc avait subi les regards suspicieux des passants qui le voyaient manipuler cette femme endormie. « C'est ma fille », leur avait-il affirmé. Elle a du diabète, elle a fait un malaise, je la ramène à la maison ». Voyant Zoran sortir la cordelette et commencer à l'attacher, un couple s'était offusqué et avait proposé sa voiture, nettement plus adaptée selon lui. Devant le refus du Turc, ces bons samaritains, de plus en plus inquiets, avaient insisté. Zoran se souvenait que lors de leur première rencontre, dans le garage, la fille portait deux poignards. Il les avait lui avait retirés, pour brandir l'un d'eux devant le nez de ces importuns. Cela avait suffi pour qu'ils s'éloignent. Bons samaritains ne rimait pas forcément avec courageux. Sans doute s'étaient-ils précipités vers le Commissariat de Police pour se plaindre du comportement suspect de cet homme de type manifestement étranger. La force publique, si elle enquêtait, remonterait peut-être jusqu'à lui, Zoran Bayik. Une grosse tache à venir sur sa réputation, à n'en pas douter, car une telle infamie se saurait. Mais il n'en avait cure. Demain matin, il serait en Turquie, intouchable. Si Abdullah avait buté cette gonzesse comme il le lui avait demandé, il n'aurait pas eu à se salir les mains, ce qu'il évitait soigneusement en temps normal. Où était-il d'ailleurs, cet incapable ? Zoran n'avait pas osé l'appeler. Il aurait fallu remettre la batterie dans son téléphone portable et il ne voulait plus que le *PKK* suive sa trace. Il allait passer un sacré savon à son garde du corps quand celui-ci réapparaîtrait.

Malgré son visage esquinté, la fille était un joli petit lot. Il aurait bien voulu se la faire, mais maintenant c'était trop tard. Il ne fallait plus finasser. Une fois les vagues atteintes, il la jetterait à la mer, histoire de lui apprendre à nager avec les membres entravés. Peut-être lui administrerait-il préalablement quelques coups de couteau, afin d'être bien certain qu'elle ne puisse plus revenir l'emmerder. Avec un peu de chance, les vagues emmèneraient le corps au large. Avec la mort de cette pute, Zoran n'obtiendrait jamais les explications concernant le bordel qu'elle avait foutu. C'était dommage, il aurait aimé comprendre, mais tant pis, il n'avait plus le temps. Il devait être pas loin de 16 h 30 désormais, il avait tout juste le temps de se débarrasser d'elle puis de rentrer chez lui, se changer pour mettre des vêtements secs, embarquer sa famille et foncer vers Roissy.

Les vagues apparurent, à travers l'écran de pluie battante.

Depuis quelques secondes, Gabriella émergeait. Qu'est-ce qu'elle avait froid ! Elle sentait un courant d'air glacé qui la frappait à travers ses vêtements trempés. Un moteur ronflait bruyamment dans ses oreilles. Elle était comme recroquevillée en position fœtale, les mains au-dessus de la tête.

Elle ouvrit brusquement les yeux. Devant elle, le sable défilait rapidement. Elle sursauta, négligeant la douleur dans sa nuque. Ses mains et ses pieds étaient attachés au plateau du side-car de Chandler. Elle leva les yeux vers Bayik qui la regarda furtivement. Où la menait-il ? Elle se contorsionna pour regarder devant la moto et vit les premières vagues qui approchaient.

Pas question de laisser l'initiative au Turc. Malgré ses entraves, Gabriella se redressa autant qu'elle put et, de tout son poids, elle s'effondra sur Bayik. Surpris, celui-ci fit une embardée qui déséquilibra la moto. La roue du panier quitta le sol et resta en suspens quelques instants à une trentaine de centimètres au-dessus du sable. Quand il percuta les premières vagues dans cette posture instable, le side-car se renversa complètement sur son flanc gauche.

Gabriella se retrouva sous l'eau, groggy. Agrippant l'arceau, elle se redressera et sortit la tête de l'eau. Toussant, crachant, elle mit plusieurs secondes avant de pouvoir faire le point. Le sel marin excitait les coupures qu'elle avait sur le visage et brûlait ses yeux. Quand elle put les rouvrir, elle vit qu'elle était à genoux sur la moto désormais immergée sous quelques dizaines de centimètres d'eau. Seul le plateau du singe émergeait, à la verticale, la roue vers le ciel. Elle avait de l'eau jusqu'au ventre et ses jambes n'étaient plus attachées.

Quelque chose remuait sous Gabriella. Bayik ! La tête et les épaules de l'enfoiré dépassaient du liquide mais le reste de son corps était sous l'eau. La jambe gauche du Turc était coincée sous la moto sur laquelle la jeune femme trônait désormais, et elle bloquait sous ses genoux son membre droit. À travers la visière, elle vit que de l'eau avait envahi le casque qu'il portait. Cela gênait Bayik pour respirer. Il s'agrippait à la selle, ce qui lui permettait de se redresser et de maintenir de manière précaire le haut de son corps hors de l'océan. Si elle le laissait libérer sa jambe droite, le Turc pourrait essayer de repousser la moto et se libérer. Au lieu de lui accorder cet espoir, Gabriella s'assit sur la moto, leva ses jambes hors de l'eau et entreprit de frapper sans retenue la tête de Turc. Celui-ci arrêta rapidement de s'agiter, sonné et affaibli. Il peinait à maintenir sa prise sur la selle et sa tête disparaissait de plus en plus fréquemment sous l'eau.

— Aide-moi, pleurnicha-t-il, d'une voix faible et étouffée par le casque.

« Va te faire foutre. Plutôt crever avec toi que de t'aider. »

La marée continuait à monter. Les premières vagues atteignaient désormais la poitrine de Gabriella. Il fallait qu'elle libère ses mains. Elle se souvint qu'une des fixations de l'arceau était abîmée, prête à casser. Elle se remit à genoux et entreprit de secouer la barre métallique, négligeant Bayik. Au bout de deux minutes d'efforts boostées par l'énergie du désespoir, le tube commença à avoir du jeu et, soudain, la fixation céda. Gabriella se sentit euphorique. Elle put dégager ses mains.

— J'ai de l'argent, beaucoup d'argent. Là, dans cette sacoche. Tu auras ta...

Bayik essayait de l'amadouer mais régulièrement, une vague peu coopérante l'interrompait.

— Je te donnerai plein d'argent. Tu disparaîtras, tu...

Encore une vague.

— Tu feras croire au *PKK* que tu es morte.

Encore ce truc dont il lui avait parlé quand il la retenait dans son restaurant. Bayik était trop faible. Il n'était plus une menace. Elle descendit donc de la moto et se mit debout dans la mer. Elle se pencha sur un bord métallique du plateau du singe qui semblait suffisamment tranchant et commença à y frotter frénétiquement la cordelette qui emprisonnait toujours ses mains. L'attache se délita rapidement jusqu'à céder.

— Aide-mooooiiiii... gémissait Bayik, à bout de force.

Une partie seulement du casque surnageait désormais. Le Turc mettait de plus en plus de temps à ressortir sa tête de l'eau quand une vague l'engloutissait. Finalement, Bayik ne se redressa plus et c'est ainsi qu'il mourut, épuisé, noyé. Gabriella regarda encore un moment le casque dorénavant immergé dont s'échappaient quelques ultimes bulles d'air. Va pourrir en enfer, fils de pute.

Une tache sombre à la hauteur des épaules du Turc attira son attention. Gabriella plongea les mains et récupéra le petit sac de sport que Bayik avait coincé sous bras. Elle l'ouvrit. Il contenait des liasses de billets, trempées. Des dizaines et probablement même des centaines de milliers d'euros. « Je le garde, se dit-elle. Dédommagement. »

Un abattement soudain lui tomba sur les épaules et elle se mit à trembler de manière irrépressible. Choc thermique. Il était temps de rentrer. Elle fit demi-tour se dirigea vers la digue.

Elle aurait bien fumé un cigarillo et bu une bonne gorgée de *Singani*.

35

Un superbe soleil inondait le ciel en ce mercredi matin, dardant de ses rayons la chambre de Chandler. Gabriella dut se protéger les yeux des rayons qui l'agressaient mais qui lui faisaient aussi tellement de bien après ces derniers jours pluvieux et glacés. Seule dans le lit, elle fit un inventaire de son état physique. À part le rhume qu'elle avait choppé dimanche, tout allait bien. Son visage était encore douloureux mais tout le reste fonctionnait. Elle en avait eu la confirmation cette nuit dans les bras de Chandler.

Elle se leva, enfila une culotte et un pull et sortit de la chambre. Chandler et Louise prenaient leur petit-déjeuner en écoutant *France Info*. Le flash radiophonique revenait sur la mort du magnat franco-turc Zoran Bayik qui s'était noyé, coincé sous un side-car volé. L'enquête progressait et un lien était désormais établi par les policiers avec une tentative d'enlèvement d'une jeune femme perpétuée peu avant. Depuis lundi, les médias s'en donnaient à cœur joie pour décortiquer le système Bayik, peu reluisant, mélange de trafics d'influences, de corruption, et de sexe.

Gabriella coupa la radio et s'assit. Un silence embarrassé s'installa, qu'elle rompit.

— Tu retournes voir les flics ce matin, demanda-t-elle à Chandler ?

— Oui, ils ont du mal avec l'histoire du side-car volé. Ils n'y croient pas, ça se voit.

— Bon, je vais bosser, moi, déclara Louise en se dirigeant vers la porte.

Puis, se ravisant, elle se retourna vers Gabriella.

— Je ne sais pas quel rôle tu as joué dans tout ça, mais je te remercie. Tu as débarrassé le monde d'une pourriture, c'est cool. Et perso, je suis une tombe, je ne te connais pas. Ciao bella !

Associant le geste à la parole, Louise lui envoya un baiser et elle sortit.

Chandler et Gabriella restèrent muets un moment, sirotant leurs cafés, puis le jeune homme se leva :

— Bon, faut aussi j'aille bosser.

Sa voix était éraillée, émue.

Gabriella se redressa à son tour. Aussitôt, il l'enlaça.

— Tu vas partir, c'est ça ?

Elle acquiesça.

— Je... tu sais, poursuivit maladroitement Chandler, je veux te dire que je, je...

Elle lui intima le silence en posant un doigt sur ses lèvres, bientôt remplacé par un délicat baiser.

Chandler mit un blouson, complétant un look de sérieux négligé qu'il estimait parfait dans son monde d'architecte, prit la besace qui lui servait de sac pour son travail, et se dirigea vers la porte. Sur le palier, il se retourna une dernière fois vers Gabriella et, sans prononcer un son, articula « Je t'aime ». Et il disparut.

Gabriella resta un long moment immobile, debout face à la porte fermée de l'appartement. Elle entendit Chandler descendre l'escalier, quitter la maison, puis le silence revint, la laissant seule, la gorge nouée. Elle s'imagina vivre une romance avec ce beau et si doux garçon mais elle se reprit. Beurk, pourquoi pas un mariage avec deux gosses et un chien t'en qu'on y était ! Et puis, Chandler avait raison : elle devait partir. Les flics rôdaient autour de lui. Il était hors de question qu'ils l'attrapent, elle. En restant, elle mettait le jeune homme en danger et fragilisait son mensonge concernant le vol du side-car. Gabriella aurait dû renter à Paris dès dimanche soir. Mais elle ~~avait~~ eu envie de passer quelques ultimes heures, quelques jours, avec lui, le temps de panser ses plaies. Prolonger encore serait une erreur.

Elle s'activa. En quelques minutes, elle s'habilla, fourra ses affaires dans son sac de voyage, fit le tour de l'appartement pour s'imprégner une dernière fois des sensations si agréables et intenses qu'elle avait ressenties ici. Sur la table de la cuisine se trouvait un petit carnet. Elle en arracha deux pages. Sur la première, elle écrivit « Pour *Avenir 59* », avant d'aller dans la chambre de Louise pour déposer le message sur son lit. Elle ajouta une généreuse pile de billets qu'elle avait prélevés sur la contribution de Bayik. Puis elle alla dans la chambre de Chandler. De même, elle écrivit « Pour t'acheter un autre side-car » sur la seconde feuille qu'elle déposa sur le lit, accompagnée d'un autre don. Puis elle se dirigea vers la sortie.

Elle allait refermer la porte derrière elle quand elle se ravisa. Elle retourna dans la chambre de Chandler, regarda un moment le foutoir de vêtements, livres, trophées, posters, photos, papiers dans lequel vivait le jeune homme, puis s'approcha à nouveau du lit. Elle prit l'oreiller de Chandler, le colla contre son visage et inspira profondément. Avant de quitter la pièce, elle reprit le bout de papier, sur lequel elle ajouta : « Merci pour ces très bons moments passés ensemble ».

36

Gabriella trouva sans difficulté le gymnase *Léo Lagrange* de Saint-Pol-sur-Mer. Merci *Google Maps*. À l'exception de quelques immeubles de logements collectifs, ce quartier de Dunkerque était principalement composé de rues en lignes droites bordées de pavillons en bande construits après la Seconde Guerre mondiale. De l'habitat pour les ouvriers et les classes moyennes employés dans les activités industrielles du port.

Sur la façade de l'équipement sportif, une banderole annonçait l'occupant actuel des lieux : *Avenir 59*. Un panneau plus modeste, peint à la main, précisait : *Centre d'accueil temporaire de migrants*. De facto, des individus basanés, pauvrement vêtus, allaient et venaient devant le bâtiment, ou stationnaient par grappes dans les alentours. Principalement des hommes, parlant et fumant. Ils animaient un peu le quartier pavillonnaire résidentiel environnant, éprouvant la bienveillance du voisinage.

Gabriella gara sa moto près de l'entrée et pénétra dans le gymnase. Le lieu grouillait d'activité. Personne ne lui demanda qui elle était ni ce qu'elle venait faire. Au fond d'un large couloir, s'ouvrait la salle principale, où se déroulaient habituellement les événements sportifs, des matchs de basket à ce qu'elle pouvait en déduire des paniers fixés sur les murs. Le sol avait été entièrement recouvert de grandes dalles en PVC destinées à protéger le parquet. Des dizaines de lits superposés étaient installés le long des murs. Quelques-uns étaient occupés par des désœuvrés qui dormaient, lisaient ou regardaient leurs téléphones portables. Au milieu, des tables, chaises et meubles délimitaient des espaces destinés à des activités diverses dont les noms étaient indiqués sur des panneaux : cuisine, espace bébés, jeux pour les enfants, espace papiers, écrivain public, médecin, etc. Gabriella déambula un moment, observant les bénévoles d'*Avenir 59* qui s'activaient pour essayer d'aider les étrangers, dont beaucoup ici étaient des femmes. Finalement, elle s'approcha d'une volontaire âgée qui aidait une jeune mère à langer son bébé.

— Excusez-moi, je cherche Kamal.

— Je ne vois pas, lui répondit la femme. Vous n'avez pas plus d'infos ?

— Il vient de Syrie. C'est un professeur de français qui a fui son pays.

La femme acquiesça. Elle désigna les gradins et dit :

— Ce ne serait pas lui, par hasard ?

Au milieu d'une des travées, un groupe d'enfant était sagement installé devant un homme qui tournait le dos à la salle. À côté de lui se trouvait un tableau noir au dos duquel un écriteau indiquait : « École ».

Discrètement, Gabriella grimpa les marches et, restant en retrait, elle écouta la leçon de Kamal.

— Bonjour monsieur le policier, j'espère que vous allez bien, disait-il en s'adressant aux enfants.

— Bonjour monsieur le policier, j'espère que vous allez bien, répétèrent les enfants en chœur.

— Bravo les enfants, c'est très bien. Il faut toujours être très poli quand vous vous adressez à un Français. C'est compris ?

— Oui monsieur, répondit le chœur.

Kamal poursuivit ainsi pendant un moment puis mit fin à son cours.

— Au revoir les enfants. À demain 9 h.

— Au revoir monsieur, répondirent-ils avant de s'éparpiller aux quatre coins du gymnase.

Gabriella s'approcha pendant que le Syrien nettoyait son tableau.

— Oh, Monica ! Quelle bonne surprise.

— Bonjour Kamal.

Il vit le visage de la jeune femme et son sourire s'assombrît.

— Que vous est-il arrivé ?

— Rien de grave. Elle changea de sujet : Bravo pour votre cours. Tout en français, c'est exigeant, mais les enfants ont l'air de suivre.

— Il le faut. S'ils veulent devenir de bons Français, ils doivent se comporter en bons citoyens et en premier lieu, maîtriser la langue.

— Où en est votre demande d'asile ?

— J'attends, mais je n'ai pas beaucoup d'espoir avec le nouveau gouvernement. La France n'est plus très accueillante, vous le savez bien.

Un moment passa.

— Kamal, je suis venu vous dire que j'ai tenu parole. L'homme qui a maltraité votre femme ne recommencera pas, plus jamais.

Le Syrien pensa à l'actualité qui tournait en boucle dans les médias depuis quelques jours. L'histoire de cet homme d'affaires turc dunkerquois qui était impliqué dans des trafics sexuels de femmes…

Sans doute était-il préférable de ne pas demander d'explications. Il prit les mains de Gabriella.

— Merci.

Avant de le quitter, Gabriella remit une enveloppe à Kamal. À l'intérieur, il découvrit une grosse liasse de billets, et des papiers d'identité français à son nom.

— Vous êtes Français, maintenant. Enfin, ce ne sont pas de vrais papiers, mais ça devrait être suffisant pour traverser la Manche en ferry ou par l'Eurostar.

37

Annette adressa à Gabriella son plus beau sourire quand celle-ci pénétra dans le hall de l'hôtel.

— Votre visage va mieux ?

— Oui, ça va. Mais j'ai encore un peu mal.

— J'espère que ça vous servira de leçon, mademoiselle : plus de moto. Votre père m'a raconté votre accident. Ce camion aurait pu vous tuer, vous savez ! Vous rentrez avec lui en voiture ?

Le Poulpe avait repris une chambre dans le modeste hôtel et pour lui aussi l'heure du départ avait sonné. Il aurait pu quitter Dunkerque dès le lundi mais avait prolongé deux jours de plus, officiellement pour visiter un peu les brasseries du coin, mais Gabriella le soupçonnait de n'avoir pas voulu s'éloigner d'elle. Il lui avait probablement sauvé la vie. Elle ne pouvait pas le blâmer.

Gabriel apparut au pied de l'escalier, son sac en cuir à la main. Gabriella le rejoignit.

— Tu boites encore un peu.

— Ça va de mieux en mieux. Et toi ?

Elle ne sut que répondre. Chandler, Kamal, Bayik encombraient son esprit tout autant que la douleur qui embrumait son corps. Elle eut envie de partager ses tourments avec le Poulpe mais à la place, elle répondit :

— Bon, on y va ?

— Tu es sûre que tu ne veux pas rentrer avec moi en voiture ?

— Non, il faut bien que je ramène ma moto.

Ils se tournèrent vers la logeuse et la saluèrent mais, au lieu de leur répondre, celle-ci leva précipitamment son imposante carcasse, délogeant le chat qui somnolait sur ses jambes et s'empressa de lui adresser un miaulement de mécontentement. Annette disparut dans un bureau situé derrière le guichet d'accueil. Elle en revint tenant une assiette entourée de papier en aluminium.

– C'est pour vous, dit-elle en tendant le plat à Gabriella. Une tarte aux pommes. Celles de mon jardin.

Car le paradoxe était là : idées basses ne signifiait pas forcément sècheresse des sentiments, surtout dans ce Nord dont la réputation de chaleur (de cœur) n'était pas galvaudée. La rébellion de Gabriel contre les nazis et leurs avatars n'avait pas réussi à contrer l'implantation dans ces terres et dans une bonne partie de la France d'un vote extrême dont les ressorts s'avéraient parfois plus compliqués que le seul racisme ou le rejet de l'autre.

38

— Qu'est-ce qui diminue jamais avec l'âg... euh, non, je te dis pas, et je te jure que plus on prend de l'âge et plus c'est compliqué, parce que quand on est vieux je te jure, c'est pas simple. Alors ça augmente et ça diminue jamais, tu trouves ?

Les deux co-patronnes de la Sainte-Scolasse échangèrent un regard affligé. Julie soupira et Juliette, amusée, lui déposa un baiser sur la bouche avec de retourner en cuisine.

— L'âge, lâcha la serveuse avant de s'éloigner du bar, un plateau à la main, laissant Maurice de nouveau ébahi par tant de perspicacité.

L'endroit somnolait encore en ce matinal lundi. Les rares clients étaient absorbés par leurs téléphones portables. Un ancien parcourait dans un coin un journal de paris sportifs, et Maurice réfléchissait à la prochaine colle qu'il allait adresser à la serveuse.

Julie déposa les consommations sur la seule table qui connaissait un peu d'animation : un groupe de jeunes y dissertait de la capacité du *PSG* à gagner la *Ligue des Champions*.

Sa livraison effectuée, elle fit un détour par la table sur laquelle Gabriella avait ouvert son ordinateur.

— On dirait que ça va mieux entre Juliette et toi ?

— Oui, ça roule. Tout va bien. Et on baise comme au premier jour.

— Toujours aussi...

— ... romantique, conclut Julie.

Pendant que la serveuse retournait vers le bar, Gabriella ouvrit son blog. Elle avait reçu un message. Il provenait de Chandler. Son cœur s'emballa. Décidément, il l'avait chamboulée, celui-là, et elle devait bien avouer que depuis qu'elle était rentrée, elle se sentait un peu morose. Elle hésita quelques instants à prendre connaissance de la missive, craignant un contenu larmoyant ou langoureux qui lui ferait regretter d'avoir abandonné le jeune homme.

Mais le mail ne contenait aucun écrit, ce qui la déçût un peu finalement, juste une photo en pièce-jointe. Gabriella la chargea. Sur l'image, on voyait Éric et Chandler en combinaisons de compétition. Ils posaient, tout sourire, derrière un side-car flambant neuf, un engin destiné à faire des courses de vitesse sur piste, comme ils en rêvaient.

Sur le flanc bleu du bolide était inscrit sur toute sa longueur le prénom « Monica ».

Imprimé en France par
CPI Bussière
en mars 2025
N° d'impression : 2083879